Discard

LAS GEMELAS DE SWEET VALLEY

UNA GRAN LUCHADORA

Escrito por JAMIE SUZANNE

Personajes creador por
FRANCINE PASCAL

Traducción de
Conchita Peraire del Molino

EDITORIAL MOLINO

Barcelona

Título original: ONE OF THE GANG
Copyright © 1987 Francine Pascal del texto
Copyright © 1987 Bantan Books Inc. de la cubierta

Concebido por Francine Pascal
Cubierta de James Mathewuse
Diseño de Ramón Escolano

Sweet Valley es una marca registrada por Francine Pascal

© EDITORIAL MOLINO 1990
de la versión en lengua española
Calabria, 166   08015 Barcelona

Depósito Legal: B. 17.563/96
ISBN: 84-272-3780-4

Impreso en España   Printed in Spain

LIMPERGRAF, S.L. – Calle del Río, 17 nave 3 – Ripollet (Barcelona)

I

—Lisa, ¿puedes venir un momento?— preguntó Jessica Wakefield a su hermana gemela—. ¡No me sale este estúpido problema de matemáticas!

Era un lunes por la tarde y Jessica hacía sus deberes en la mesa de la cocina estilo español de los Wakefield. El sol de California penetraba a través de las ventanas. Steven, el hermano mayor de las gemelas, también hacía los deberes... y, al mismo tiempo, volvía locas a Jessica y Elisabet. Steven tenía catorce años... dos más que sus hermanas... y algunas veces era casi inaguantable. Aquel día, sin más, les comunicó que poseía PES (Percepción Extra Sensorial) y que ya había "previsto" todo lo que ellas dijeran o hicieran.

—Sabía que tendrías problemas con tus deberes —dijo ahora Steven muy pagado de sí mismo—. Mi PES vuelve a funcionar.

Elisabet que acababa de untar con crema de chocolate una galleta, no pudo por menos de sonreír.

—No creo que necesites PES para adivinar que Jessica tiene problemas con sus matemáticas —declaró.

—¿Qué dices? —dijo Jessica a su hermano—. Eres un brujo, Steven. ¿Lo sabes?

—No soy un brujo —objetó Steven—. Soy especial, nada más, Da la casualidad de que tengo PES. La verdad es que esta mañana he tenido mi primera visión del futuro.

Jessica le miró.

—Lo único extra que hay en ti es que eres *extra impertinente* —le dijo.

Elisabet se echó a reír.

—¿De verdad puedes ver el futuro?

Jessica lanzó un gemido.

—Naturalmente que no puede —exclamó—. ¡Lisa, no le animes!

Elisabet metió la galleta en el horno.

—Te ayudaré enseguida —dijo a su hermana gemela—. Déjame que primero limpie esto.

Los ojos azules de Jessica relampaguearon de impaciencia. Algunas veces no comprendía en absoluto el comportamiento de su hermana. ¡Mira que ponerse a limpiar después de amasar galletas! Jessica siempre dejaba los platos sucios amontonados para que los lavara otro. Pero, como decía su madre con frecuencia, Jessica y Elisabet tenían personalidades completamente distintas.

En lo que al físico se refiere, era casi imposible distinguirlas: idénticas melenas rubias, idénticos ojos aguamarina e idénticos hoyuelos cuando sonreían. Pero Elisabet, que había nacido cuatro minutos antes, se consideraba a menudo la "hermana mayor". Responsable en todo lo que hacía, le gustaba *de verdad* estudiar de firme en el colegio. Tomaba parte activa en el periódico *Sexto Grado de Sweet Valley*. Jessica, por otra parte, no hubiera malgastado ni un segundo en algo tan aburrido como el periódico del colegio. Estaba demasiado ocupada con las Animadoras, un equipo al que pertenecía, y con las Unicornio, un grupo especial de niñas a quienes Elisabet y su mejor amiga Amy Sutton consideraban esnobs. A Jessica le encantaban las Unicornio. Últimamente trataba de encontrar algún medio nuevo para impresionar a Janet Howell, la presidenta del club y alumna de octavo curso.

—Tú no crees que yo tenga PES —dijo Steven como si se sintiera herido en sus sentimientos—. No creo que eso sea justo. No te lo he dicho, pero pude pronosticarte que serías elegida presidenta del comité de las Mini Olimpíadas.

Jessica se echó la melena hacia atrás.

—Bueno, *cualquiera* podría adivinar que iban a elegirme. Soy perfecta para el puesto, ¿no?

—Debió ser tu modestia lo que decidió al señor Butler a darte el cargo —replicó Steven con una sonrisa pícara.

Elisabet se acercó a la mesa.

—Creo que harás un gran trabajo, Jess —le dijo—. ¡Probablemente organizarás las mejores Mini Olimpíadas que la Escuela Primaria haya visto jamás!

Las Mini Olimpíadas eran una tradición anual de Sweet Valley. Cada año, las de sexto curso organizaban un festival para las alumns de los cursos inferiores que duraba un día entero. Las de quinto y sexto también participaban en las competiciones que incluían toda clase de deportes y carreras de relevos imaginables. El señor Butler, el profesor de educación física de la Escuela Primaria, era el asesor docente de las Mini Olimpíadas de este año. Como presidenta de las alumnas, Jessica trabajaría conjuntamente con el señor Butler para decidir qué pruebas del año anterior debían conservarse y qué nuevos acontecimientos debían añadirse. Jessica sabía que podría hacer una gran tarea y tuvo el presentimiento de que Janet Howell iba a quedar realmente impresionada. Jesica deseaba sobre todo recibir las alabanzas de sus compañeras del Club Unicornio... ¡y estaba segura de conseguirlo!

—Mi PES me dice que voy a llegar tarde al entrenamiento de baloncesto si no me marcho ahora mismo —dijo Steven de pronto mientras cerraba de golpe su libro de historia y se levantaba de un salto. —¡Hasta luego! —Miró a Jessica muy serio—. Tengo otra vez esta percepción extrasensorial, Jess. Creo que será mejor que hoy te quedes en casa. O de lo contrario... —su voz se apagó siniestramente.

—Me está poniendo nerviosa —dijo Jessica cuando Steven hubo salido de la habitación—. ¿Cómo podríamos conseguir que dejase esas tonterías del PES? ¡No puedo sopotarlo!

Elisabet reflexionó:

—Te comprendo. Creo que debemos buscar algún medio para que acabe con eso. Se está convirtiendo en un auténtico tormento.

—¿Quién es un tormento? —preguntó la señora Wakefield que entró en la cocina cargada de comestibles—. ¿Alguien puede entrar la última bolsa que queda en el coche?

—Yo iré, mamá —repuso Elisabet.

—Es Steven —gruñó Jesica—. ¡Mamá, deberías oírle hablar continuamente de que tiene PES! Ni siquiera tiene gracia. Y no para cuando le decimos que se calle.

—Se cansará pronto —manifestó la señora Wakefield sin darle mayor importancia mientras dejaba las bolsas encima de la mesa. Con su melena rubia y sus ojos azules y brillantes, la señora Wakefield parecía una versión madura de las gemelas. Trabajaba media jornada en una firma de diseño de interiores en la ciudad.

—Pero nosotros no queremos esperar a que

se canse —protestó Elisabet, que entraba con la bolsa de comestibles—. ¿No podrías hablar con él, mamá?

—Bueno... —A la señora Wakefield le brillaron los ojos—. Puedo intentarlo. Pero conozco a vuestro hermano y no lo dejará hasta que se harte —sonrió a las gemelas—. Me sorprende que a vosotras dos no se os haya ocurrido el medio de hacerle callar. Por lo general soléis hacerlo muy bien.

A Jessica le brillaron los ojos.

—¡Tienes razón, mamá! —Miró a Elisabet larga y detenidamente—. No sé cómo no nos hemos vengado antes. ¡Sólo tenemos que encontrar un medio para hacerle odiar su PES tanto como lo odiamos nosotras!

Elisabet se rió. No cabía la menor duda... las cosas siempre se animaban cuando Jessica Wakefield creía llegada la hora de entrar en acción.

A Elisabet le quedaba casi una hora antes de ayudar a su madre a preparar la cena, y decidió ir en bicicleta hasta la biblioteca para ver si habían recibido algún libro nuevo de misterio. A ella y a Amy Sutton, su mejor amiga, les encantaba leer. Se turnaban para leer los libros que sacaban de la biblioteca antes de devolverlos.

La señora Donaldson, la bibliotecaria, le dedicó una sonrisa de complicidad al verla entrar.

—Acabamos de recibir el último misterio de Amanda Howard —le dijo con una mirada maliciosa—. Algo me hizo pensar que podría interesarte y lo guardé en mi escritorio.

El rostro de Elisabet se iluminó. Dio las gracias a la bibliotecaria antes de alejarse para echar un vistazo al estante de "las novedades" en la sala de jóvenes lectores. Con sorpresa vio a Pamela Jacobson, una de sus compañeras de clase, sentada en una butaca junto a la ventana.

—¡Hola, Pamela! —Elisabet la saludó con una sonrisa simpática—. ¡No sabía que te gustara venir a la biblioteca!

Pamela era una niña menuda y muy bonita, de suaves cabellos castaños y ondulados que le llegaban hasta los hombros. Tenía un cutis más bien pálido y los ojos de color gris-azul. Levantó la vista del libro que estaba leyendo y sonrió con timidez.

—Oh, vengo siempre. Y tú, ¿vienes a menudo?

—Sí, pero debemos venir a horas distintas —puntualizó Elisabet mientras acercaba una silla. Elisabet no conocía muy bien a Pamela. Pamela había entrado en la Escuela Media de Sweet Valley en sexto curso y Elisabet todavía la consideraba una "niña nueva".

—Me encanta leer —añadió Pamela—. Este libro es estupendo. ¿Has oído nombrar a Amanda Howard?

Elisabet se rió a carcajadas.

—Es una de mis autoras favoritas —le confesó.

Pronto las dos niñas discutían sobre sus libros preferidos. El tema de libros las llevó a hablar del *Sexto Curso de Sweet Valley* y Pamela dijo que le gustaría escribir para el periódico.

—Nuestro próximo número va a ser especial. Tratará del Día de las Mini Olimpíadas —le explicó Elisabet—. Quizá puedas escribir un artículo sobre eso. El señor Bowman dijo que sería conveniente que participara más gente. —El señor Bowman, el profesor de literatura inglesa, ayudaba a Elisabet en la redacción del periódico. Era un hombre simpático y a Elisabet le gustaba, aunque estaba de acuerdo con Amy de que era el profesor peor vestido de la Escuela Media. ¡Algunas veces llevaba camisas rayadas con pantalones a cuadros!

—Me gustaría —dijo Pamela complacida.

—¿No te emocionan las Mini Olimpíadas? —le preguntó Elisabet—. ¿Hacíais algo parecido en tu antiguo colegio?

Pamela enrojeció.

—La verdad es que no puedo practicar ningún deporte —dijo con la vista baja—. Tengo una dolencia de corazón. El colegio al que iba era para niños especiales. No teníamos nada parecido a las Mini Olimpíadas.

Elisabet hubiera querido darse de bofetadas. Ella ignoraba que el antiguo colegio de Pamela fuese para niños minusválidos, pero debió haber recordado que a Pamela no le permitían participar en la clase de gimnasia.

—No te preocupes —dijo Pamela rápidamente al ver lo incómoda que estaba Elisabet—. ¡Créeme, me gusta que la gente olvide que soy distinta! Es mucho peor cuando la gente lo recuerda y se deshace en atenciones. La verdad es que estoy bien mientras no me pase. Quiero decir que no puedo correr ni me permiten cansarme demasiado. Pero mientras haga todo lo que me dice mi médico, estoy perfectamente bien.

Elisabet la miró con atención.

—Lo tomas con tanta filosofía. Me parece que deseas hacer todo lo que puedes por ti misma.

—Por eso dejé Ridgedale. Porque todo el munod allí era "especial" y empecé a pensar en mí en ese sentido. —Pamela arrugó la frente—. Algunos profesores pensaron que cometía una equivocación cuando dije que quería probar un colegio normal. Pensaron que no sería capaz de seguir el ritmo... que me sentiría marginada.

De nuevo Elisabet se avergonzó de haber sacado el tema de las Mini Olimpíadas. Era precisamente la clase de acontecimiento del que Pamela quedaría excluida.

Pamela pareció leer su pensamiento.

—De vez en cuando hay algo que yo no puedo hacer —dijo en voz baja—. Pero no me importa. Yo quería tener la oportunidad de demostrar a todo el mundo que estoy bien... y que a pesar de todo soy una niña normal—. Le brillaron los ojos—. ¡Lo último que desearía es recibir un tratamiento especial!

Elisabet asintió. Lo comprendía. Pero no pudo dejar de pensar que el proyecto de las Mini Olimpíadas no era justo. Debía ser un día en el que todo el mundo pudiese participar. Y por lo tanto, Pamela Jacobson también debiera tener su oportunidad.

II

Me alegro de veras de que el señor Butler te haya elegido para dirigir las Mini Olimpíadas —le había dicho Janet Howell a Jessica al día siguiente.

Las niñas se estaban vistiendo los shorts a rayas de gimnasia en el vestuario. Un pequeño grupo de Unicornios rodeaban a Jessica y Lila Fowler, incluidas Betsy Gordon, Tamara Chase y Kimberly Haver... alumnas de séptimo curso a quienes Jessica deseaba impresionar particularmente. Lila Fowler, una niña alta y esbelta de cabellos castaños y cara bonita era también una Unicornio. Era la hija única de uno de los hombres más ricos de Sweet Valley. Todo lo que deseaba era suyo con sólo pedirlo. Lila había sido elegida vicepresidenta de las Mini Olimpíadas. Pero a juzgar por la expresión de su rostro cuando habló Janet, era evidente que no le satisfacía que Jessica tuviera un cargo superior al suyo.

—¿Qué clase de pruebas proyectas añadir este año? —le preguntó Lila.

Jessica había dedicado a este asunto una gran atención. Deseaba hacer que las Mini Olimpíadas fuesen más competitivas. Por lo general las clases se dividían en cuatro equipos iguales... equipo Rojo, equipo Azul, equipo Blanco y equipo Negro. Se premiaba con puntos a cada equipo durante el transcurso del día y al final de las Mini Olimpíadas uno de los equipos era declarado vencedor.

—Creo que este año debemos tener trofeos individuales —declaró Jessica—. Y tener más pruebas al aire libre, más concursos de saltos y trepar.

—Es una gran idea —dijo Janet con los ojos brillantes—. Estoy realmente orgullosa de tener a dos Unicornios en el comité —añadió.

Lila lanzó un gemido.

—Jessica, tú sólo quieres añadir pruebas que tú dominas —se lamentó—. Todo el mundo sabe que eres buena saltadora. ¿No eres acaso un poco injusta con el resto de nosotras?

Jessica la miró.

—El objetivo es que sea una competición —indicó—. Si es demasiado fácil, ¿dónde está el desafío?

A Lila no pareció satisfacerle la respuesta.

—Sabes, *yo tengo* algunas ideas muy buenas —comenzó a decir.

—No os entretengáis, chicas. La señorita

Langberg quiere comenzar un partido de voleibol —dijo Ellen Riteman que se aproximó al grupo reunido delante de los armarios. La señorita Langberg era la monitora de gimnasia. Ellen, otra Unicornio.

Sin embargo, Jessica apenas se dio cuenta de la llegada de Ellen. Estaba demasiado disgustada con Lila. «¿Por qué siempre intenta robarme el protagonismo? ¿No le basta con tener una asignación espléndida y que su padre le compre todo lo que quiera?», pensó. A Jessica le ardía la cara. Tenía que demostrar a las otras que Lila no podía criticarla de aquel modo.

—Lila, creo que sería mucho más fácil para las dos si te mantuvieras en un segundo plano —le indicó.

A Lila le relampaguearon los ojos.

—¡En un segundo plano! ¡Supongo que eso significa tener la boca cerrada y dejar que tú hagas lo que te venga en gana!

Ellen cogió a Lila del brazo.

—¿Qué pasa aquí? —preguntó preocupada. A Ellen le gustaban Lila y Jessica y era evidente que deseaba poner fin a la discusión.

—No deberíais discutir —les pidió Janet—. Lo importante y maravilloso es tener a *dos* Unicornio en el comité. —Su rostro adquirió una expresión soñadora—. ¿No creéis que este año podríamos tener un equipo Morado?

Todas se echaron a reír. El morado era el color preferido de las Unicornio. Lo usaban en todo y siempre que les era posible, y cada una de ellas procuraba llevar por lo menos una prenda de ese color cada día. Como el nombre del club, quería significar lo especiales y hermosas que eran.

—Janet tiene razón —intervino Tamara—. Vosotras dos deberíais trabajar unidas. Lo importante es asegurar que las Unicornio se lleven toda la gloria, no importa cómo. ¿Recordáis?

Jessica no dijo nada. No podía por menos de pensar que Lila y ella luchaban por algo más que las Mini Olimpíadas. Lila era demasiado mezquina, en opinión de Jessica, para consentir que ocupara su cargo sin ponerle las cosas difíciles.

Pero Lila no había contado con una cosa, pensó Jessica con determinación: ella no iba a ceder ni un ápice. Tenía planes bien concretos para las MO y estaba decidida a verlos hechos realidad.

Pamela Jacobson aspiró el aire con fuerza al salir del vestuario para entrar en el helado gimnasio. Aquella era la hora del día que más temía. ¡Estaba segura de que las otras niñas no pensaban dos veces en la clase de gimnasia... para ellas no era nada!

Pero para Pamela era un sacrificio.

Desde que podía recordar, había sido un caso especial. Comenzó en el minuto que sus padres supieron que había nacido con una rara dolencia cardíaca. Pamela era la más joven de su familia y la única niña. Sus dos hermanos, Sam y Denny, eran completamente normales. Los médicos explicaron que Pamela siempre tendría que adoptar ciertas precauciones. Antes de cumplir los dos años sufrió una operación y otra a los siete. Esas operaciones le salvaron la vida, pero no pudieron mejorarla en un cien por cien. Siempre tendría el corazón débil y, aunque su doctor opinaba que podría llevar una existencia larga y plena, siempre viviría bajo una sombra de amenaza. No podría hacer muchas cosas que hacían sus amigas. Ni correr; ni actividades fatigosas. Seguir una medicación y sobre todo... ésta era la peor parte... soportar la preocupación de sus padres.

El padre de Pamela también era médico y ella pensaba algunas veces que eso empeoraba las cosas. El doctor Jacobson era el padre más protector del mundo. Fue él quien insistió para que Pamela fuese a Ridgedale, la escuela privada a unos veinte kilómetros de Sweet Valley para estudiantes que requerían una atención especial. Trataba a Pamela como si fuera una inválida, aún sabiendo que ella quería ser tratada como sus hermanos. El doctor Jacobson tuvo un disgusto cuando Pamela le suplicó que la sacara de Ridgedale. Únicamente después de varios meses de súplicas quiso escucharla... y fue porque su madre estaba de su parte.

Al final el doctor Jacobson accedió a que Pamela abandonara Ridgedale, pero con la condición de que, al menor síntoma de cansancio, depresión o cualquier otra señal peligrosa, Pamela tendría que volver a la escuela privada.

Se ponía mala solo de pensarlo. No es que Ridgedale fuese un mal sitio. Tenía allí muchas amigas y lloró el día que se fue. Pero Pamela quería tener la oportunidad de poder llevar una vida normal. Deseaba demostrar... a su padre y a sí misma... que era capaz de hacerlo.

Pero estaba descubriendo que no era tan sencillo. Cosas sin importancia para las demás, eran difíciles para ella. En Ridgedale había rampas en vez de escaleras para que los niños en sillas de ruedas pudieran circular fácilmente. Pamela se fatigaba con facilidad, e incluso un corto tramo de escalones tenía que subirlo despacio. La Escuela Media de Sweet Valley era casi el doble de grande que Ridgedale lo cual significaba que la distancia entre las clases era mucho mayor... y el tiempo para ir de una a otra mucho más corto. Pamela llegaba tarde a todas las clases. Si se apresuraba se exponía a fatigarse... y perjudicar su corazón.

Pero estos problemas podían arreglarse. Sus

profesores comprendían su estado, y ninguno puso objeciones porque llegara tarde. Lo peor de todo era que Pamela se sentía marginada. La mayoría de actividades en las que le hubiera gustado participar requerían ejercicio físico... como el equipo de Animadoras o el club de gimnasia. Y ahora se aproximaban las Mini Olimpíadas. A Pamela le dolía pensar que ella tendría que quedar al margen. Por lo menos en Ridgedale no destacaba. *Todo el mundo* tenía alguna dificultad. Pero aquí... aquí era sólo Pamela.

Aspiró con fuerza mientras decidía ir a sentarse a las gradas del gimnasio. Un encarnizado partido de voleibol acababa de empezar. La Unicornio se las habían arreglado para estar todas en el mismo equipo. Las niñas del club eran todas bonitas y seguras de sí mismas. No pudo evitar una sensación de amargura al pensar en el nombre que habían escogido y su explicación: "Nos llamamos Unicornio porque los unicornios son especiales, y nosotras también." Lo había oído cuando Janet Howell se lo explicaba así a Ken Matthews. Pamela meneó la cabeza. Ella podría contarles un par de cosas respecto a ser "especial". Por ejemplo, ser especial en una multitud era mucho más sencillo que serlo sola.

De pronto Tamara Chase vio a Pamela sentada en las gradas.

—¡Pam, ven a jugar con nosotras! —le apremió.

Pamela enrojeció.

—No puedo —dijo.

—Pero necesitamos la novena jugadora —insistió Tamara.

Pamela meneó la cabeza.

—No puedo... de verdad. No me dejan jugar.

Tamara frunció el ceño. No dijo nada, pero su mensaje llegó hasta Pamela claro y nítido. Sintió que las lágrimas acudían a sus ojos. «Soy una completa nulidad», pensó, sintiéndose del todo avergonzada de sí misma. Las lágrimas rodaron por sus mejillas y se puso en pie. Fue dando tumbos hasta la puerta del gimnasio. ¿Por qué se le ocurriría ir hoy allí? Si por lo menos se hubiera ido a la sala de estudio. Puede que su padre tuviera razón después de todo... tal vez fue un error pensar que podría adaptarse. Ella no era normal. Fue una tontería creer que iba a resistir todo el año.

—Pobre Pamela —murmuró Elisabet a Amy.

Estaban en la cafetería mirando a la morenita que comía sola. Elisabet y Amy estuvieron hablando de lo que había ocurrido en el gimnasio aquella mañana. Pamela les era muy simpática. Elisabet no era capaz de imaginar lo que debía ser sentirse apartada de las actividades normales. Se volvió hacia Amy y le dijo:

—Vamos a verla. Voy a hablarle otra vez del periódico.

Amy asintió entusiasmada y las dos cruzaron la cafetería con sus bandejas en ristre. A Pamela le brillaron los ojos al verlas, pero Elisabet comprendió que había estado llorando.

—El voleibol —dijo Elisabet al cabo de unos instantes— es el juego más estúpido del mundo.

—Sí —añadió Amy—. No lo soporto. Aborrezco que la señorita Langberg nos obligue a jugarlo.

—Vosotras tratáis de animarme —musitó.

Elisabet se rió.

—¿Quiénes? ¿*Nosotras*? ¿Amy, has oído de qué nos acusa?

Amy fingió taparse las orejas con las manos, y a pesar suyo Pamela comenzó a sonreír.

—Sé que es una tontería disgustarme —se excusó en voz baja—. Pero es que me siento... no sé, ¡tan inútil! Odio no poder hacer lo que hace todo el mundo.

—Debe ser realmente duro —dijo Elisabet sentándose a su lado—. Creo que tienes muchas agallas, Pam. ¿Prometes decirnos si podemos ayudarte en algo?

Pamela suspiró profundamente.

—Me temo que nadie puede ayudarme en lo que quiero. Deseo demostrar a mi padre que puedo estar aquí, que no necesito un colegio especial —parecía muy triste—. Ya ha dicho que parezco más cansada que el año pasado, cuando estaba en Ridgedale. Y le disgusta que me quede al margen de tantas actividades —se mordió el labio—. Creo que trata de convencer a mi madre para que me trasladen a Ridgedale —sacudió la cabeza—. ¡Y yo quiero demostrarle que puedo hacerlo! Pero no sé cómo.

Elisabet y Amy se miraron. El pensar que Pamela tuviera que volver a Ridgedale les preocupaba. Elisabet decidió en aquel momento hablar con Jessica para que tuviera en consideración el caso de Pamela al organizar las Mini Olimpíadas.

—No te preocupes, Pam. Nosotras te ayudaremos a encontrar el medio para quedarte —dijo rápidamente. Elisabet sabía que era una promesa temeraria. ¡Pero también que debía hacer algo por ayudarla!

III

—Está bien, Lisa... ahora recuerda el plan —susurró Jessica a su hermana. Las gemelas estaban en el patio de atrás, junto a la piscina de su casa disfrutando del último sol de la tarde en espera de que su hermano llegara del entrenamiento de baloncesto para poner en práctica su plan.

—Sigo pensando que no resultará —objetó Elisabet.

Los ojos de color aguamarina de Jessica expresaron indignación.

—¡Confía en mí, Lisa! En cuanto convenzamos a Steven de que realmente posee PES se va a asustar de verdad. La única razón por la que sigue con eso es porque cree que todo es una broma.

Elisabet había pensado hablar con su hermana de Pamela Jacobson y las Mini Olimpíadas en cuanto llegara a casa, pero encontró a Jessica tan excitada con su plan para vengarse de Steven que no pudo meter baza.

—Así que recuerda... asegúrate de que todo lo que pronostique Steven que va a ocurrir, *ocurra realmente* —le aconsejó Jessica—. Y procura seguirle la corriente. Pregúntale por sus "visiones" y finje estar muy asustada —sonrió—. ¡En cuanto empecemos a tomarle en serio, nos las pagará! ¡Sentirá haber dicho una sola palabra sobre PES!

—Apuesto a que os alegráis de verme aquí —declaraba Steven minutos más tarde al acercarse a ellas. Llevaba una bolsa de galletas en una mano y un brick de leche en la otra, y Elisabet hizo una mueca.

—No comprendo cómo puedes comerte todo eso —murmuró.

Steven abrió mucho los ojos.

—Hoy he tenido una premonición —declaró—. Chicas, mi PES cada día es más fuerte. Esta mañana... —se metió una galleta en la boca— he tenido el presentimiento de que una de vosotras estaba en apuros. —Masticó con solemnidad y añadió—: Fue a eso de las diez y media.

Jessica dio un codazo a Elisabet con los ojos desorbitados y fingiendo espanto.

—¿A las diez y media? ¿Hablas en serio? —exclamó.

—Sí —aseguró Steven sorprendido por su reacción. Hasta ahora sus hermanas no habían prestado atención a ninguna de sus "premoniciones". ¿Por qué de golpe? ¿Tenía razón? —¿Os ha ocurrido algo a una de vosotras?

Jessica hizo una pausa dramática.

—¡Steven, hasta ahora no te había creído, pero realmente debes tener PES! —Se estremeció—. Estaba en clase de gimnasia a las diez y media cuando por poco me da en la cabeza la pelota de voleibol. La señorita Langberg dijo que podía haberme hecho mucho daño.

Steven abrió desmesuradamente los ojos.

—Uau —exclamó—. ¿Ocurrió eso a las diez y media?

Jessica asintió con energía.

—Te lo prometo —mintió.

Elisabet comprendió que el codazo de su hermana indicaba que era su turno.

—¿Y de mí? ¿Has tenido algún presentimiento últimamente? —preguntó.

Steven reflexionó unos instantes.

—Pues, sí. Creo que sí. Esta tarde, durante el entrenamiento de baloncesto, tuve de pronto la premonición... eh... de que habías encontrado dinero. —La miró fijamente—. Pero supongo que mi PES no acierta en un cien por cien.

Elisabet miró a Jessica.

—No puedo creerlo —le dijo a su hermano fingiendo asombro—. ¡Debiste oír como Amy le contaba a alguien que yo había encontrado un billete de cinco dólares cuando volvía a casa!

Steven parpadeó desconcertado.

—¿Cómo es posible que yo haya visto a Amy? Estuve entrenando y luego vine directamente a casa.

Elisabet dirigió a Jessica una mirada de fingida preocupación.

—Nosotras pensamos que lo inventabas —dijo.

Jessica asintió muy seria.

—Steven, te debemos una disculpa. ¡Esto es increíble... tienes realmente PES!

Steven pareció ligeramente alarmado.

—Lisa, ¿de verdad encontraste un billete de cinco dólares esta tarde? —le preguntó.

Elisabet asintió con seriedad.

Steven se puso un poco pálido.

—Escuchad, tengo que llamar por teléfono —se disculpó con brusquedad mientras se levantaba de la tumbona y echaba a correr por el patio hacia la puerta de la casa.

—Ves, ya te lo dije —exclamó Jessica contenta—. Nunca esperó que le tomásemos en serio. ¡Ahora que de verdad cree poseer PES, está asustadísimo!

Elisabet estaba pensativa. Aprovechando que su hermano se había ido, su intención era hablar de Pamela.

—Jessica, quiero pedirte algo referente a las Mini Olimpíadas. Sé que has empleado mucho tiempo y esfuerzo en su preparación y la verdad es que me han impresionado algunas de tus ideas. Pero hay una cosa que me preocupa.

—¿Qué es? —le preguntó Jessica que la escuchaba a medias mientras ojeaba su cuaderno de notas donde tenía los planes que el señor Butler y ella habían programado hasta el presente.

—Bien, durante la comida he hablado con Pamela Jacobson —comenzó Elisabet—, y la verdad es que me hizo reflexionar seriamente. ¿Sabes que no se le permite participar en ninguna de las actividades del gimnasio?

—Mmmmm —farfulló Jessica mientras pasaba las páginas con el ceño fruncido—. Sí, esta mañana estuvo sentada durante nuestro partido de voleibol. La verdad, no sé por qué tuvo que venir al gimnasio hoy. ¿Con qué objeto? Si está enferma y no puede jugar, ¿por qué se molesta en ir?

—Esa es la cuestión... ella *no está enferma* —repuso Elisabet para defender a Pamela—. Padece del corazón, y eso es distinto. No se le curará nunca.

Jessica levantó la vista y entrecerró los ojos.

—Lisa, ¿qué tiene que ver Pamela Jacobson con las Mini Olimpíadas? No quiero ser grosera, pero yo daba por supuesto que ni siquiera aparecería por allí. ¿Para qué?

—No habría ningún motivo si las cosas se

hicieran como en el pasado. Ni como tú piensas volver a hacerlas este año —dijo Elisabet despacio—. La verdad es, Jessica, que me parece un poco injusto. ¿Por qué una persona como Pamela no ha de poder participar?

Jessica arrugó la frente.

—Podría ayudar a decorar los posters o algo por el estilo —declaró en tono burlón—. ¿Escribe bien a máquina? Tenemos que hacer un montón de programas que queremos enviar a nuestros familiares.

—No me refería a eso, Jess —replicó Elisabet con firmeza—. No creo que Pamela quiera *trabajar* en esto, sino tener la oportunidad de competir... de participar realmente, como todo el mundo.

—De acuerdo —dijo Jessica—. Pero no creo que tenga mucho éxito. La mayoría de pruebas que hemos preparado son muy fuertes. Tendrá que ponerse en mejor forma si quiere ganar alguna.

Elisabet la miró horrorizada.

—¡Jessica, ella no puede competir en pruebas difíciles! ¡Podría hacerse mucho daño!

Jessica, ceñuda, dejó su cuaderno de notas.

—¿No es eso lo que yo dije antes? Vamos, Lisa. No tienes razón.

—Lo que había pensado —propuso Elisabet sentándose más erguida— era hacer algunos cambios en las pruebas este año. ¿Por qué no incluir algunas carreras o relevos que no requieran demasiado esfuerzo o velocidad? ¿Qué te parece añadir alguna competición de inteligencia, o montar otra para puzzles o juegos? De este modo algunas de las niñas pequeñas de Primaria también podrían participar.

Jessica suspiró.

—Desde luego parece una buena idea, Lisa, pero el señor Butler y yo ya hemos hecho toneladas de cosas en los preparativos. No te imaginas el tiempo que nos ha llevado. Además, ¿para qué tomarse tanto esfuerzo en reorganizarlo todo si a mí ya me gusta como está?

—A mí no me parece que te costara tanto trabajo —insistió Elisabet—. Creo que valdría la pena ese esfuerzo. Jess, piensa en lo que significaría para Pamela. Está aquí para demostrar que es capaz de seguir en un colegio normal, ¿y qué es lo que encuentra...? ¡Que no se le permite tomar parte en la mitad de las cosas que hacemos las demás! —Miró fijamente a su hermana—. Intenta imaginarte algo que haces cada día y que ni te paras a pensarlo... por ejemplo, subir las escaleras y cosas por el estilo.

—Sí —replicó Jessica—. Me lo imagino.

—Bien, pues ahora piensa lo que sería si tuvieras que hacer un esfuerzo gigantesco... ¡sólo para subir la escalera! —exclamó Elisabet disgustada.

—Escucha, yo también lo siento por Pamela —le aseguró Jessica—. Pero no veo el medio de resolver su problema. Quién sabe —añadió cogiendo otra vez su cuaderno de notas—, quizá fue un error por su parte querer venir a un colegio normal. Tal vez debió quedarse donde estaba.

—¡No puedo creer que tú hayas dicho semejante cosa! —gritó Elisabet—. ¡Jessica Wakefield, retíralo!

Jessica la miró sorprendida.

—Está bien, está bien... lo retiro —se apresuró a decir. No estaba acostumbrada a ver a su hermana tan disgustada y decidió que lo mejor era calmarla. Prometió pensar lo que Elisabet le había propuesto.

—Hablaré con el señor Butler —dijo—. Pero creo que ya es demasiado tarde, Lisa.

—Pero inténtalo —replicó Elisabet—. Es todo lo que te pido, Jessica. —Le brillaron los ojos—. Eres una hermana estupenda, ¿sabes? Y a cambio te deberé un favor... lo que quieras. ¿De acuerdo?

A Jessica se le iluminó el rostro.

—Bien —dijo mientras dejaba definitivamente su cuaderno de notas—. Porque tengo que pedirte un favor. —Se inclinó hacia adelante en tono confidencial—. Tiene que ver con Steven. Tengo un plan perfecto para terminar lo que empezamos esta tarde. Con un poco de suerte le tendremos tan asustado que no podrá mirar ni su propia sombra sin ponerse a temblar.

Elisabet suspiró.

—¿Qué se te ha ocurrido esta vez? —preguntó. Conociendo a Jessica podía ser cualquier cosa. ¡Elisabet esperó no haberse precipitado al prometer ayudarla!

—¿Sabes, Steven? —dijo aquella noche Jessica durante la cena, mientras untaba el pan—, el otro día en la biblioteca busqué la PES, y según el libro que encontré la gente que la posee, algunas veces tiene visiones... casi siempre de noche.

Steven dejó su vaso de leche para mirarla ceñudo.

—La verdad es que no he visto nada de noche.

—¡Steven, apenas has comido nada! —exclamó la señora Wakefield preocupada. El voraz apetito de Steven era siempre motivo de bromas en casa de los Wakefield y cualquier cambio, por lo general, era señal de que algo iba mal.

—No tengo mucho apetito —contestó Steven.

Jessica dirigió a Elisabet una mirada expresiva. Su plan parecía funcionar.

—Quizá te hayan afectado las vibraciones sobrenaturales —sugirió—. Puede que eso te haya quitado el apetito.

—A mí me parece que han sido demasiadas

galletas de chocolate a la hora de merendar —dijo su madre con una sonrisa.

—Es posible que veas un espíritu una de estas noches cuando estés durmiendo, Steven. ¿Has pensado en eso? —manifestó Jessica tomando un bocado de su hamburguesa.

Steven empezaba a enfadarse.

—*Yo no* veo cosas, Jessica —murmuró. Y tras levantarse de la mesa, arrojó su servilleta y salió disparado del comedor

—¿Qué diantres...? —comenzó a decir la señora Wakefield.

—Hoy está un poco susceptible —dijo Jessica con suavidad—. Lisa y yo creemos que su PES empieza a hacer mella en él.

El señor Wakefield dirigió a su esposa una mirada preocupada.

—Espero que no tenga nada —declaró—. ¿No creerás que *cree* realmente esas tonterías que ha estado contando a las niñas sobre PES, verdad?

Jessica y Elisabet se miraron. Steven pudo no creerlo al principio, pero con su ayuda, era evidente que empezaba a preocuparse.

¡Y después de lo que habían planeado para aquella noche, jamás volvería a tomar en broma su PES!

IV

—Sigo pensando que no es buena idea —dijo Elisabet en voz baja. Jessica y ella estaban en el garaje con sus linternas para iluminar el camino en la oscuridad. Era más de medianoche y procuraban hacer el menor ruido posible. Si el señor o la señora Wakefield descubrieran que no estaban en la cama, tendrían serios problemas. Aparte de que iban a hacerle algo verdaderamente malvado al pobre Steven. Para Elisabet era algo terrible. Ojalá no hubiese prometido a Jessica hacerle un favor.

—¡Chiss! —profirió Jessica que casi tropieza con la manguera del jardín y tuvo que agarrarse al brazo de Elisabet—. Maldita sea. ¡Es tan difícil hacer esto a oscuras!

—Dejémoslo —le suplicó Elisabet—. ¿No podíamos seguir con lo que hemos estado haciendo? Steven ya está asustado. De ahora en adelante ya no hablará más de su PES.

Pero Jessica ya había cogido la escalera colgada de la pared del garaje.

—De ninguna manera —contestó en un susurro—. Tenemos que darle una lección. Ayúdame, Lisa. Pesa una tonelada.

Las gemelas tuvieron que luchar con la escalera hasta conseguir sacarla del garaje. Pesaba más de lo que suponían, de modo que no fue tarea fácil llevarla hasta el lado de la casa donde estaba el dormitorio de Steven. Jessica cogió la escalera de manos de su hermana y la abrió junto al lado de la casa.

—Es perfecta —susurró—. Y ahora, espera aquí mientras yo voy a buscar mi disfraz de fantasma.

Elisabet meneó la cabeza y arrugó la frente, pero antes de que pudiera pronunciar palabra, Jessica volvía al garaje en la oscuridad y la luz de su linterna oscilaba mientras corría. Hacía frío fuera y Elisabet se estremeció.

Le pareció que transcurrían siglos antes de que Jessica regresara con una sábana blanca en la mano. Eran restos de la fiesta de Todos los Santos.

—Recuerda... me la das cuando yo esté arriba —le susurró Jessica cuando comenzó a subir por la escalera.

—Creo que debiéramos volver adentro —dijo Elisabet otra vez, ahora con mayor firmeza—. Jess, ¿y si le asustamos de verdad? ¡Podría darle un ataque de histeria!

—Tú prometiste ayudarme —le recordó Jessica—. No te preocupes —añadió—. Puede que se asuste un momento, pero luego probablemente se reirá. Y *definitivamente* captará la idea. ¡Y luego no querrá volver a hablar más de PES!

Elisabet se rió.

—Supongo que se lo merece —admitió—. ¿Te acuerdas cuando te asustó con aquel disfraz ridículo del Monstruo del lago Negro?

La noche de Todos los Santos, Steven había atormentado a Jessica entrando a oscuras en su habitación para darle el susto de su vida. Cuanto más lo pensaba Elisabet, más tenía que admitir que Steven merecía una cucharada de su propia medicina.

—Lo recuerdo —replicó Jessica muy seria—. ¡Y lo sentirá por eso... y por esas tonterías de las PES!

No tardó en subir hasta lo alto. La escalera oscilaba un poco y Elisabet empezó a ponerse nerviosa.

—¡Cuidado! —le advirtió mientras sujetaba la escalera con ambas manos.

Jessica se agachó.

—Dame el disfraz —le pidió.

Elisabet se lo entregó preocupada mientras Jessica se balanceaba en lo alto de la escalera agarrada al repecho de la ventana para meterse la sábana por la cabeza. Tenía dos agujeros para los ojos y Elisabet la encontró realmente terrorífica. Qué distinto parecía todo allí en la oscuridad. Observó como Jessica se acercaba más a la ventana y daba en el cristal con los nudillos.

—No creo que me oiga —decía Jessica segundos más tarde—. Voy a probar aplastando mi cara contra el cristal.

Entretanto, Steven se había sentado en la cama y el corazón le latía con fuerza. ¿Qué era aquel ruido... aquellos golpecitos en la ventana? Pensó en lo que Jessica había dicho aquella noche durante la cena. ¿Sería cierto que la gente con PES tenía visiones?

Se puso pálido. Él nunca creyó tenerlos. Se lo dijo a sus hermanas para divertirse. Ahora deseaba no haberlo hecho.

Aspirando el aire con fuerza, apartó las sábanas y se acercó a la ventana. La persiana estaba echada. Sintió un escalofrío terrible al oír de nuevo aquellos golpes... definitivamente llamaban a su ventana. En el momento en que subió la persiana, lanzó un grito tan fuerte como pudo al ver... no sabía lo que era... algo blanco y terrible aplastado contra la ventana. ¡A sólo unos centímetros de su rostro!

—¡Jessica! —exclamó Elisabet. Ignoraba lo que había ocurrido, pero cuando se abrió la persiana, Jessica se sobresaltó y su pie izquierdo resbaló del último peldaño de la escalera. Al instante siguiente se agarraba con desespero al repecho, pero fue demasiado tarde para que pudiera recuperar el equilibrio. Con un grito capaz de helar la sangre en las venas se vino abajo y la escalera le cayó encima.

—¡Jessica! —gritó Elisabet mientras intentaba quitarle la sábana—. Jess, ¿te has hecho daño?

Las luces se encendieron en el piso de arriba cuando los gritos de Steven y Jessica despertaron a los señores Wakefield. Steven había abierto su ventana y asomó la cabeza.

—¿Qué ocurre ahí abajo? —preguntó mientras el color acudía a su rostro al darse cuenta de que no había visto ninguna visión.

—¡Steven, ve a buscar a papá y mamá... deprisa! —gritó Elisabet—. ¡Jessica se ha hecho daño!

—Jessica... —repitió Steven—. Vaya, esa maldita... —Su furor se apaciguó cuando las palabras de Elisabet calaron en su mente al fin—. ¿Está herida? ¡Enseguida bajo! —gritó.

—No se lo digas —gimoteó Jessica que intentaba levantarse—. Lisa, *¡nos matarán!*

—¿Estás bien? —le preguntó Elisabet que se inclinó preocupada—. ¡Cielos, Jess... pensé que te matabas!

—¡Y yo! —gimió Jessica—. Lisa, ayúdame. Creo que me he hecho daño en el tobillo.

Elisabet cogió a Jessica por un brazo, pero no se pudo poner en pie.

41

—Me he hecho daño de verdad, Lisa —se lamentó mientras se inclinaba para palpar su tobillo—. ¡Me parece que me lo he roto!

Elisabet miró preocupada la pierna de su hermana.

—Se debió enganchar en la escalera al caer —le dijo pesarosa.

—¡Jessica! ¿Estás bien? —gritó ahora Steven que corría hacia ellas seguido de sus padres.

—¿Qué diantres pasa aquí? —preguntó el señor Wakefield enfadado. La escalera estaba caída sobre la hierba y Jessica... con el rostro bañado en lágrimas... sentada a su lado temblando y envuelta a medias en la sábana.

—La escalera se cayó —susurró Jessica.

—Jessica se ha hecho daño —se apresuró a decir Elisabet que iluminó con su linterna la pierna de Jessica—. ¡Mirad... su tobillo se está hinchando!

—No se ha hecho mucho daño —dijo Steven con disgusto—. ¿Jessica, qué estabas haciendo? Yo pensé que eras... —tragó saliva— un ladrón o algo parecido.

Jessica llorosa miró la expresión de enfado de sus padres.

—Intentábamos asustarle un poco —susurró—. Fingíamos que yo era un fantasma. Estábamos hartas de que actuase como si tuviera percepción extrasensorial.

El señor Wakefield se arrodilló sobre la hierba para coger el tobillo de Jessica y examinarlo profesionalmente.

—Dime dónde te duele —dijo mientras ejercía una ligera presión sobre el hueso.

—¡Ou! —se dolió Jessica.

—Creo que será mejor que tú y yo, Jessica, vayamos al dispensario —manifestó el señor Wakefield con el entrecejo arrugado—. Mañana por la mañana hablaremos de lo que hacíais vosotras dos y por qué. De momento, creo que será mejor conocer la opinión del médico sobre tu tobillo.

Jessica se puso pálida y su padre la cogió en brazos. Sabía que Elisabet y ella estaban en un apuro. Pero le preocupaba más su tobillo. Le dolía tanto que tuvo que hacer un gran esfuerzo para no llorar.

No podía creer en su mala suerte. ¡Y esperaba contra toda esperanza que no estuviera roto!

—Bien —dijo el doctor Lawrence al salir a la sala de espera del hospital donde Jessica y su padre llevaban aguardando media hora—. Tenemos las radiografías. Tienes suerte, Jessica. No es más que una mala torcedura.

Jessica lanzó un suspiro de alivio.

—Estupendo —exclamó—. ¡Tengo tanto que hacer las próximas semanas! ¡No sé lo que hubiera hecho si llego a rompérmelo!

—Bueno —dijo el doctor mientras contemplaba las radiografías—. No quiero desanimarte, pero de todas formas las actividades cotidianas van a resultarte algo difíciles, por lo menos durante un par de semanas.

—¿Qué quiere usted decir? —preguntó Jessica.

—Pues que tienes una torcedura complicada —respondió el doctor Lawrence—. Mucha gente no se da cuenta de que una mala torcedura puede ser más dolorosa y complicada que una rotura... y que tarda casi lo mismo en curar. No podrás apoyar el pie izquierdo en el suelo por lo menos durante tres semanas.

Jessica abrió mucho los ojos.

—¿Y cómo voy a circular? ¿Quiere usted decir que no podré ni siquiera andar?

—Eso es. —El doctor Lawrence sonrió al ver la expresión horrorizada de Jessica—. Yo no me preocuparía tanto. Podrás andar con muletas, de modo que no tendrás que guardar cama ni nada tan engorroso. —Escribió algo en una hoja de papel que entregó al señor Wakefield—. Le receto esto para el dolor. Tiene que tomar el mínimo... una o dos cada cuatro horas los primeros días, si lo necesita. —Se volvió hacia Jessica—. Tendrás que llevar el vendaje bien apretado todo el tiempo, excepto cuando te bañes. Cuando estés sentada quiero que tengas la pierna en alto. ¡Y bajo ningún pretexto quiero que apoyes el pie en el suelo!

Jessica se mordió el labio.

—Pero soy la presidenta de las Mini Olimpíadas —dijo pesarosa—. Y tengo que ir con el equipo de animadoras al partido del lunes, y...

—No irás —dijo el señor Wakefield—. Mañana lo primero que haré será comprar un par de muletas para que puedas ir al colegio. —Estrechó al mano del médico—. Muchas gracias por su ayuda —le dijo—. Creo que esta jovencita ha aprendido una lección esta noche. ¿No es así, Jessica?

—Creo que sí —murmuró Jessica mirando con odio su tobillo. ¿Cómo pudo ser tan torpe? ¡Lo que le faltaba! Tenía más cosas que hacer durante las próximas semanas que en toda su vida. ¡Y ni siquiera podría andar con normalidad!

Aún peor, sabía que iba a enfrentarse con el enfado de sus padres... sin mencionar el de Steven. Y tenía el presentimiento de que Elisabet tampoco iba a estar muy contenta con ella.

¡Todo el plan que había maquinado para asustar a su hermano se había vuelto contra ella! No sabía lo que era peor... la perspectiva de la regañina de sus padres, o el terrible dolor de su tobillo.

Ni siquiera podía levantarse de la silla sin ayuda. ¡Su padre tuvo que llevarla en brazos hasta el coche como si fuera una inválida!

—No pienso aguantar la sarta de tonterías que me contaríais tú y Elisabet sobre lo que anoche intentasteis hacer a Steven —manifestó el señor Wakefield cuando estuvieron solos. Puso la llave en el contacto y arrugó el entrecejo—. Creo que has aprendido la lección. Y si aún no la has aprendido, creo que la aprenderás. —Puso el motor en marcha—. Yo me torcí el tobillo cuando tenía tu edad, y recuerdo muy bien que cuando estuve mejor me hice el propósito de no volver a hacer el tonto. El caso es que la torcedura fue suficiente escarmiento. Y creo que para ti también lo será.

Jessica se sintió un poco mejor. Su padre era extremadamente blando con ella. Cierto, el tobillo le dolía. Pero era sólo una torcedura. No podía ser tan malo. Total tendría que usar muletas unas semanas. Eso *no era* tan malo.

No. Había salido bien librada. Estaba impaciente por llegar a casa y contárselo a Elisabet.

V

—¡Jessica! ¿Qué te ha ocurrido? —gritó Carolina Pearce mientras se abría paso entre la multitud que rodeaba a Jessica en clase. La señora Wyler, su profesora de matemáticas, trataba de recordarles las tabletas de chocolate que vendían para reunir dinero para el viaje de fin de curso. Pero nadie le prestaba atención. Estaban demasiado interesados en la lesión de Jessica.

—Pobrecita —decía Carolina, una niña pelirroja con la nariz llena de pecas. Era muy charlatana y vivía dos casas más allá de los Wakefield. Le encantaba saber todo lo que pasaba, y Jessica adivinó que le molestaba no haber sido la primera en enterarse de su torcedura de tobillo.

—No es nada —dijo sin darle importancia—. Me he torcido el tobillo.

Pero la verdad es que había sido una mañana muy dura. Para todo lo que Jessica hacía normalmente tuvo que emplear el doble de tiempo. Bajar la escalera para desayunar fue una tarea ardua y, también lo fue, tener que arreglárselas sola y llevar los libros y las muletas. Sin embargo, no era tan malo. En cierto aspecto, más bien divertido. En primer lugar nunca le habían prestado tanta atención. Todo el mundo la rodeó en el vestíbulo deseosos de saber lo que le había ocurrido. Bruce Patman le llevó los libros desde su armario a la clase... cuando por lo general no le decía ni "hola". Bruce era un alumno de séptimo curso... muy guapo, moreno, y su familia era una de las más ricas de Sweet Valley.

Únicamente una cosa la hacía desgraciada, y era Steven. No podía creer que Elisabet y ella no fuesen castigadas después de lo que hicieron. Ni tampoco la explicación de su padre: que su lesión era bastante castigo para ella. ¡Por lo que a Steven respecta nada era suficiente castigo! De modo que no le dirigía la palabra. Sea como fuere había llegado a la conclusión de que la verdadera culpable era Jessica y no Elisabet... por eso a Elisabet le seguía hablando. No era justo.

Mas Jessica estaba decidida a apartar a Steven de su mente.. Y a no pensar más en el accidente de la noche anterior. Iba a disfrutar de toda la atención que estaba recibiendo.

Lila entró corriendo en la clase.

—¡Jessica! He oído que te has torcido el tobillo —le dijo con simpatía—. ¡No podía creerlo! Pero me parece que es cierto —añadió mientras miraba la pierna vendada de Jessica. Chasqueó

48

la lengua varias veces meneando su cabeza castaña—. Supongo que ya no podrás ser presidenta de las Mini Olimpíadas —declaró al instante.

A Jessica le ardía la cara. ¡Por eso Lila se mostraba tan amable!

—¿Por qué no? —preguntó—. No es más que una torcedura, Lila. ¡No es nada grave y desde luego no va a afectar mi cerebro!

Lila pareció sorprendida.

—Oh. Bueno, si necesitas ayuda... —comenzó.

Pero Jessica ni siquiera quiso hablar con Lila de eso. La señora Wyler interrumpió su conversación al hacer sonar la pequeña campanilla que tenía sobre su mesa. Había que controlar la clase... de modo que Jessica, con sus muletas, se encaminó a su pupitre.

Observó que Pamela Jacobson le dirigía una mirada de simpatía mientras ella intentaba colocar sus muletas al lado de su mesa. Por fin optó por dejarlas apoyadas contra la ventana y volver a su pupitre saltando sobre un pie.

No le gustó lo que la sonrisa de Pam parecía significar. Al fin y al cabo a ella no le pasaba nada importante... era algo temporal.

¡Pamela y ella no tenían nada en común!

—Steven sigue sin hablarme —dijo Jessica contrariada. Ellen Riteman y ella comían juntas.

Era jueves, dos días después del accidente de Jessica, y tenía que admitir que tener un tobillo dislocado ya no resultaba divertido. Ahora que todo el mundo había probado sus muletas y conocido la historia del accidente, la olvidaron.

—Pareces deprimida —le dijo Ellen.

—Bueno, tener hoy un tobillo dislocado no resulta tan divertido como ayer —se lamentó Jessica—. Se está convirtiendo en un verdadero suplicio. Todo lo que hago me cuesta el doble. ¡No puedo subir o bajar las escaleras sin tardar una eternidad!

—Es muy lamentable —confesó Ellen.

—Tampoco puedo montar en bicicleta —continuó Jessica con tristeza—. ¡Ya no puedo hacer nada! —Se mordió el labio inferior—. Y nadie me hace caso. No creo que a nadie le importe mi tobillo... aparte de ti, Ellen —se apresuró a añadir.

Comprendía que se estaba quejando, pero no podía remediarlo. De pronto, todo se le había puesto muy cuesta arriba.

Naturalmente, quedaba descartado el ensayo con las Animadoras.

Como no podía participar se sentó a mirar sintiéndose marginada. Aquella semana iban a ensayar un vítor nuevo y estaba segura de no tener tiempo de aprenderlo cuando su tobillo estuviese mejor.

Y luego estaban las Mini Olimpíadas. ¡Jessica había dedicado tanto tiempo a su organización y ahora apenas lograba llegar a tiempo a las reuniones cuando ella sola las dirigía! Era desesperante. Y Lila Fowler sacaba provecho de su lesión. No cesaba de insistir en que Jessica debía permitirle hacer más cosas ahora que estaba lesionada. Si el señor Butler necesitaba que se hiciera algo especial, Lila le suplicaba que se lo dejase hacer a ella... puesto que —no cesaba de repetir— representaría mucho esfuerzo para Jessica con sus muletas. Era evidente que Lila trataba de quitarle su trabajo y Jessica no podía soportarlo.

—No pareces muy contenta —dijo Ellen—. Me figuro que no debe ser muy divertido cojear todo el tiempo.

—¡Yo no cojeo! —protestó Jessica dejando su bocadillo. Había perdido el apetito—. Sólo me canso un poco —confesó—. Hay tantas cosas que me gustaría hacer... y no resulta divertido quedar al margen.

—Lo sé —contestó Ellen convencida.

Aunque Jessica no estaba muy segura de que *lo supiera*. ¡Ellen nunca tuvo que renunciar a nada! Y hasta aquella semana Jessica tampoco.

Y no le gustaba. No le gustaba en absoluto.

—Hoy es el día —dijo la señorita Langberg después de hacer sonar su silbato para atraer la atención de todas—. ¡Lo digo en serio! Esta es la final del campeonato de voleibol y quiero que deis todo lo que lleváis dentro.

Jessica suspiró. Sentada en las gradas miraba a las Unicornio que reían y se daban palmaditas en la espalda unas a otras mientras se alineaban ante la red. No podía soportarlo. Allí estaba. Viernes. Otro largo día arrastrándose con las muletas. Daría cualquier cosa por estar allí con Janet, Lila y las demás.

—Hola, Jessica —dijo una voz familiar. Pamela Jacobson estaba de pie junto a ella—. ¿Te importa si me siento contigo? —preguntó con timidez.

—No, adelante— repuso Jessica con un suspiro.

—No es muy divertido, ¿verdad? —confesó Pamela. Se sentó y las dos niñas contemplaron el partido en silencio—. Esto es lo que más odio. No creo que haya nada peor en el mundo que tener que permanecer sentada mientras las demás juegan.

Jessica la miró pensativa. Ignoraba que Pamela desease tanto tomar parte activa en las cosas.

—Creo que tienes razón —respondió.

—Naturalmente que para ti debe ser peor

—añadió Pamela como si leyera el pensamiento de Jessica—. Quiero decir, que yo *siempre* he estado así. Debe ser más duro para ti que estás acostumbrada a participar en todo.

Jessica fingió juguetear con sus uñas. No quería admitirlo, pero se le ocurrió por primera vez, que nunca había considerado en serio lo que debía sentir Pamela. Se encogió de hombros.

—No lo creo —dijo—. Me parece que debe ser más duro para ti. Quiero decir que yo únicamente tendré que soportar este tobillo dislocado un par de semanas.

Pamela reflexionó.

—Sí —contestó al fin—. Quizá tengas razón.

Ambas guardaron silencio un rato mientras contemplaban el desarrollo del juego. Jessica pensaba lo distinto que se veía todo desde allí. ¡Todas parecían divertirse tanto!

—A veces —admitió Pamela—, creo que debería abandonar y volver a Ridgedale.

Jessica olvidó que ella casi le había dicho lo mismo a Elisabet sólo unos días antes. Miró a Pamela con expresión de horror.

—No digas eso. Estoy segura de que las cosas cambiarán... cuando todo el mundo se acostumbre a tu dificultad. Todo te será más fácil.

Pamela meneó la cabeza.

—¡Lo que realmente me puede es que en Ridgedale también era una extraña, porque estaba mucho mejor que la mayoría de niños! Y ellos me odiaban un poco —suspiró—. Supongo que esperaba encontrarme más a gusto en Sweet Valley.

Jessica no supo qué decir. Sentíase aliviada al pensar que su dolencia era sólo temporal. Para Pamela era realmente duro.

—Vamos, Steven —suplicaba Jessica mientras procuraba seguirle con sus muletas. Estaban delante del colegio y Steven no estaba dispuesto a aminorar el paso para oír lo que ella decía.

—¿Cúantas veces tengo que pedirte perdón? —exclamó.

Steven se volvió a mirarla.

—Esta vez con pedir perdón no basta —replicó—. ¿Te gustaría que yo *te diera* un susto de muerte?

De repente Jessica se sintió agotada. Las muletas le hacían daño en las axilas y estaba harta de suplicarle a Steven que la perdonara.

—Si no fueras un niño no te habrías asustado. No hubieras gritado y yo no me hubiese caído de la escalera —replicó a su vez.

A Steven se le ensombreció el rostro de furor.

—¡Eso no es cierto —gruñó—, todo fue culpa tuya y lo sabes! —Parecía que iba a decir algo más, pero dio media vuelta y se alejó.

Después de tomar aliento, Jessica decidió lo

que iba a hacer durante el cuarto de hora que faltaba para que diera comienzo la reunión con el señor Butler, Lila Fowler y el resto de las miniolímpicas. Y entonces recordó una cosa: ¡que por culpa de su tobillo emplearía esos quince minutos en ir hasta el gimnasio!

VI

La reunión no estaba transcurriendo como Jessica había planeado. Había seis personas en la habitación: el señor Butler, una señorita llamada señorita Ulrich, de la Delegación de Deportes, Jessica, Lila y dos alumnos de quinto curso que colaboraban con ellos en las Mini Olimpíadas... Randy Osborne y Patty DuVal. Randy era un chico moreno muy guapo y con sentido del humor y que, al parecer, dedicaba mucho tiempo y esfuerzos a su cargo de organizador de los cuatro equipos. Patty se encargaba de la publicidad. Jessica la consideraba una niña muy simpática que siempre la había escuchado.

Pero aquella tarde Jessica comprendió que era inútil cualquier esfuerzo por hacerse notar. ¡Nadie escuchaba lo que decía! Al principio pensó que eran imaginaciones suyas. Intentaba hacer una sugerencia sobre la primera prueba programada... el salto de longitud. Jessica quería que la cambiasen y comenzar con pruebas de natación en la piscina cubierta del colegio.

—Me parece más sensato comenzar desde el interior y luego salir al exterior el resto del día —observó.

Lila se aclaró la garganta.

—¿No te acuerdas, Jessica? Ya nos hemos encargado de eso. Tendremos tres partes... la primera las pruebas en la piscina; luego, sobre la arena, saltos de altura y longitud y, a continuación, las carreras y relevos en el campo. —Dirigió al señor Butler una sonrisa tan dulce que Jessica pensó que iba a vomitar—. ¿No es eso lo que acordamos, señor Butler?

El señor Butler asintió.

—Sí, eso es —contestó.

Jessica no podía dar crédito a sus oídos.

—¿Cúando hablaron de esto? —preguntó con voz insegura—. Pensaba que el martes habíamos decidido...

—Lila se puso en contacto conmigo ayer y dijo que vosotras dos habíais decidido que este orden era mejor —dijo el señor Butler con el ceño fruncido—. ¿No es cierto, Lila? Me dio la impresión de que vosotras ya lo habíais discutido.

La señorita Ulrich se atusó el cabello y carraspeó:

—Lo siento, pero tengo otra reunión dentro de media hora. Si pudiéramos confirmarlo...

—No se preocupe, señorita Ulrich —le dijo el señor Butler mirando ceñudo a Jessica—. Repasaremos el resto de las pruebas lo más rápidamente posible.

Jessica miró a Lila. No podía creerlo. ¡Qué traidora! Evidentemente, Lila había aprovechado la lesión de Jessica como trampolín para ocupar su puesto de presidenta. Jessica decidió que había llegado la hora de entrar en acción.

—¿Puedo preguntar a Patty qué tal va la publicidad? —preguntó—. El martes no sabíamos si pondríamos anuncios o no, y yo me pregunto...

—¡Oh, yo me encargué de eso! —dijo Lila con frescura—. Le dije a papá que pidiera a algún empleado de su agencia publicitaria que le reservase una página entera en el *Noticiero de Sweet Valley*.

Jessica la miró con los ojos desorbitados por el asombro. Sabía que el señor Fowler era rico y poderoso, ¡pero no podía ni imaginar que fuese capaz de regalar a su hija un anuncio de toda una página! Ni tampoco que Lila se hiciera notar de esta manera.

—Creo que eso yo debía decidirlo —protestó.

El señor Butler miró su reloj.

—Jessica, Lila trataba de ayudar. Es evidente que a ti te cuesta ir de un lado a otro ahora que te has lastimado el tobillo, y ella ha querido prestarte su ayuda, eso es todo.

Jessica se mordió el labio para controlar sus

nervios. Aunque no podía soportar la sonrisa irónica de Lila. Tenía que buscar el medio de volver a tomar las riendas de las MO; como fuera!

El único problema era: ¿cómo?

—Vaya, no parece que estés muy contenta —dijo Elisabet al ver la cara de su hermana—. ¿Te duele mucho el tobillo?

Jessica miró el vendaje que sujetaba firmemente su pierna.

—Pues claro. Pero no es eso lo que más me duele.

—¿Se trata de Steven? Sé que está muy enfadado, pero te perdonará más pronto o más tarde. —Elisabet puso su mano sobre el hombro de su hermana gemela—. Incluso yo puedo hablar con él si lo deseas.

Jessica negó con la cabeza.

—¡Si Steven quiere castigarme con el silencio, déjale! No me preocupa. Es Lila. ¡Me está robando las Mini Olimpíadas en mis propias narices!

—¿Qué quieres decir? —preguntó Elisabet sorprendida.

A Jessica le temblaba ligeramente el labio inferior, cosa que le ocurría siempre que estaba muy disgustada.

—¡No es justo! Se aprovecha de mi lesión para dirigir a todo el comité. No cesa de proponer sugerencias y, si yo pongo alguna objeción, me hace quedar mal. Quiero decir que, al estar yo lesionada, Lila está siempre lista y dispuesta a hacer toda clase de cosas que yo no puedo hacer. —Jessica enrojeció—. ¡Ojalá no estuviera tan dispuesta!

—Quizás ella pueda hacer que las cosas funcionen mejor que si te encargaras tú —dijo Elisabet—. Me refiero ahora que tú no podrás competir en ninguna prueba.

Jessica la miró.

—Lo había olvidado —murmuró—. ¡Ni siquiera voy a poder *participar* en las Mini Olimpíadas!

—Bueno, estoy segura de que Lila no lo ha olvidado —djo Elisabet observando la reacción de su hermana gemela—. Probablemente piensa que, si se ha de encargar eventualmente, puede hacerlo desde ahora. Después de todo —añadió sin darle importancia—, las Mini Olimpíadas han sido planeadas para excluir a cierta clase de personas. Y no me refiero únicamente a las que están en tu caso o en el de Pamela Jacobson.

—¿Qué quieres decir? —preguntó Jessica—. ¿Quiénes más quedarán excluidos?

—Pues, qué me dices de los niños pequeños y de los de quinto grado? —preguntó Elisabet—. Tiempo atrás siempre se les repartía equitativamente entre los cuatro grupos. ¿Pero no sería mejor, en vez de considerarlos un lastre, dejar que participen en pruebas en las que tuviesen alguna oportunidad de ganar?

Jessica se encogió de hombros.

—No lo sé. De todas formas no se me ocurre ni una sola prueba donde tuvieran la menor oportunidad contra alguien como Jerry McAllister —dijo Jessica, nombrando a uno de los chicos más corpulentos de sexto grado.

Elisabet se echó a reír.

—No emplees tu imaginación —le reprochó su hermana. Hubo unos minutos de silencio antes de que Elisabet siguiera exponiendo su punto de vista—. Luego están— dijo despacio—, están los niños mayores que no son buenos deportistas. Piensa en Lois Waller, por ejemplo.

Jessica hizo una mueca.

—Piensa *tú* en Lois Waller —repuso. Lois, torpe peso pesado, estaba en sexto grado. A Jessica y las Unicornio les encantaba burlarse de ella—. Lois no es más que una holgazana —añadió Jessica—. ¡Necesita ejercicio, Lisa! ¿Sugieres que organicemos las Mini Olimpíadas de forma que cualquier blandengue tenga la misma posibilidad de ganar que los atletas fuertes y corpulentos?

Elisabet se rió.

—Eso es exactamente lo que te estoy diciendo —replicó—. Sólo que tú lo has expuesto mucho mejor que yo.

62

Jessica meneó la cabeza.

—Y tú quisieras que reorganizásemos las Mini Olimpíadas de modo que Pamela Jacobson y Lois Waller pudieran ganar cintas azules, Lisa. La idea no es mala, pero no sé cómo...

—Y —la atajó Elisabet—, naturalmente, todo el mérito sería tuyo por habérsete ocurrido a ti, ¿no es cierto?

Jessica la miró fijamente.

—¿Qué quieres decir? —quiso saber.

Elisabet se encogió de hombros.

—Pues que parece que Lila Fowler sigue siendo tan egoísta como siempre. Y tampoco se da cuenta de lo insensible que es. Si tú presentaras un nuevo plan al señor Butler y la señorita Ulrich... un plan que no excluyera a nadie e hiciera las Mini Olimpíadas completamente justas... Lila acabaría pareciendo una rata.

A Jessica le brillaron los ojos.

—¡Sí! ¿Verdad que sí? —exclamó—. Ella ha intervenido sin un ápice de simpatía hacia mí. Ni siquiera me ha preguntado si sigo pensando en participar en alguna de las pruebas ¡Da por hecho que puede librarse de mí!

Elisabet asintió.

—Por eso, algunos comentarios casuales hechos ahora al señor Butler solucionarían dos de tus problemas, ¿no es cierto?

Elisabet intentó fingir no darse cuenta del efecto que sus palabras causaban en su hermana.

—Primero, si cambias las Mini Olimpíadas podrás participar. Y segundo, volverás a tener las riendas en tus manos.

Jessica asintió llena de admiración.

—¿Te he dicho alguna vez que eres la hermana más inteligente del mundo? —exclamó—. Lisa, dame mis muletas, ¿quieres?

Elisabet se las alcanzó.

—¿Vas a algún sitio? —le preguntó con una sonrisa de curiosidad.

—Voy a telefonear al señor Butler —declaró Jessica—. ¡Elisabet Wakefield, eres un genio! Voy a tratar de convencerle de que hemos de reorganizarlo todo desde el principio.

—Bien —repuso Elisabet dulcemente mientras miraba como Jessica luchaba con sus muletas para atravesar el recibidor y llegar hasta el teléfono. No podía creer lo fácil que le había resultado convencer a su hermana. Estaba impaciente porque Jessica colgara el teléfono para poder llamar a Pamela Jacobson y darle la noticia.

La voz de Pamela sonaba rara cuando se puso al teléfono... como si hubiera estado llorando.

—Oh, hola, Lisa —dijo sin gran interés.

—¿Estás bien? No me gusta tu voz —le dijo Elisabet.

—Hemos tenido una larga conversación en casa —dijo Pamela en voz baja—. Mi padre volvió pronto del hospital. Él creía que yo iba por las tardes a los clubes o las casas de mis amigas. Supongo que está preocupado porque no salgo mucho —suspiró—. En realidad, mis padres y él están ahora abajo hablando sobre esto. Y no parecen muy contentos tampoco.

Elisabet la compadeció.

—Escucha Pamela, te llamo porque creo que Jessica intentará cambiar las pruebas de las MO. Si lo consigue, todo el mundo podrá participar... ¡incluso tú!

La voz de Pamela sonaba triste.

—Qué buena noticia, Lisa —le dijo sin emoción—. Escucha, ahora tengo que colgar. Mi padre quiere hablar conmigo.

—De acuerdo —dijo Elisabet preocupada. Un segundo después oyó el clic cuando Pamela colgó el teléfono. Ojalá pudiera decirle o hacer algo más para ayudarla. Pamela no lo iba a pasar muy bien explicando las cosas a sus padres.

Elisabet deseó que los nuevos planes para las MO no llegasen demasiado tarde para demostrar al doctor Jacobson que Pamela tenía la oportunidad de integrarse en la Escuela Media de Sweet Valley. No podía soportar el que los Jacobson se dieran por vencidos tan pronto.

Elisabet estaba convencida de que, si le daban una oportunidad, Pamela podría demostrarlo.

¡Y Elisabet iba a luchar con todas sus fuerzas para procurar que la tuviera!

VII

Hacía siglos que Pamela habia temido aquel momento. Sospechaba desde hacía tiempo que su padre perdía la paciencia y su deseo era que abandonase la Escuela Media de Sweet Valley. Se había opuesto tan rotundamente desde el principio que el menor indicio era todo lo que necesitaba para decidir su vuelta a Ridgedale.

Cuando llegó a casa aquella tarde, vio con sorpresa que sus hermanos estaban sentados en la sala de estar con sus padres. Sam, el hermano mayor, era alumno de segundo grado en la Escuela Superior de Sweet Valley. Tenía el cabello oscuro y rizado y una expresión simpática que atraía a todo el mundo. La mirada que dirigió a Pamela cuando entró en la habitación decía que estaba de su parte.

Pero Pamela sabía que Denny pensaba de un modo muy distinto. Denny estaba en octavo curso y se puso de parte de su padre cuando la familia comenzó a discutir a qué colegio debía ir Pamela. Denny era socio de todos los clubes y excelente en los deportes. Pamela se avergonzaba de pensar así, pero algunas veces sospechaba que para él resultaba violento tenerla en el mismo colegio. Y que no era la clase de hermana que él hubiera querido tener. Probablemente hubiera preferido a alguien como Jessica Wakefield: alguien que fuese Unicornio y Animadora. ¡No una inválida como Pamela que tenía que buscar una excusa para llegar tarde a todas las clases por andar despacio!

—Pamela —dijo el doctor Jacobson—. Hemos estado hablando de las Mini Olimpíadas del próximo viernes que prepara tu clase para la Escuela Primaria. ¿Por qué no nos lo contaste? ¡De no ser por Denny ni nos habríamos enterado!

Pamela enrojeció.

—Yo... uh, esperaba decíroslo cuando estuvieran más cerca —dijo con un hilo de voz.

Los ojos oscuros de la señora Jacobson expresaron preocupación.

—Cariño, no queremos atosigarte, pero tu padre temía que te hubieran excluido, eso es todo.

A Pamela se le llenaron los ojos de lágrimas. Malo era verse marginada, pero un millón de veces peor el tener que decírselo a la familia cada vez que ocurría.

—En realidad las Mini Olimpíadas son de atletismo. —Pamela tragó saliva con esfuerzo pues tenía un nudo en la garganta—. He pensado participar, pero en otro sentido... como por ejemplo trabajando en la edición especial del periódico de la clase.

El doctor Jacobson la miró con un rictus de tristeza.

—Pamela, no queremos ponerte entre la espada y la pared. No es culpa tuya el no poder participar. Nosotros intentamos únicamente saber algo más de lo que ha sido tu vida en la Escuela Media para poder tomar una decisión razonable y elegir lo que sea mejor para ti.

«Razonable», pensó Pamela con tristeza. Su padre siempre utilizaba aquella palabra. Tal vez porque era médico y creía que lo mejor era descubrir lo que iba mal y luego buscar el medio *razonable* para solucionar el problema. En lo más profundo de su ser Pamela sabía que no era demasiado razonable querer permanecer en la Escuela Media de Sweet Valley contra viento y marea. En Ridgedale recibía muchas más atenciones. Había sólo ocho o diez alumnos en cada clase. En Ridgedale no corría ningún riesgo. Podía terminar la enseñanza media allí y luego ir a la Academia Parker de estudios superiores para alumnos minusválidos. De este modo nunca se sentiría herida o avergonzada por querer hacer cosas demasiado difíciles para ella.

Pero no era eso lo que Pamela quería. Ella

amaba el riesgo. Deseaba demostrar que podía hacer algo difícil, que por una vez no necesitaba protección ni ayuda. Pamela siempre había deseado que la trataran igual que a Denny. Nadie le ayudaba jamás. Se esperaban cosas de él, y él vivía para realizarlas. Era buen estudiante, tenía muchos amigos, y era un excelente deportista. ¡Denny había ganado tres cintas azules en las Mini Olimpíadas el año que estaba en sexto curso!

—Tu padre teme que estés aislada de tus compañeras —dijo la señora Jacobson rodeando a Pamela con su brazo—. La verdad es que no tratas a mucha gente. Pero estás haciendo amistades, ¿verdad?

—Sí —afirmó Pamela—. Es cierto.

—¿Por qué no vienen a casa? —preguntó el doctor Jacobson, y al ver la expresión alicaída de Pamela añadió—: No quiero herirte, cariño. Únicamente deseo averiguar un poco más de lo que ha sido tu vida aquí. ¿No quieres contármelo?

Pamela suspiró.

—Supongo que las cosas marchan más bien despacio —admitió—. Pero yo soy tímida también. No es fácil estar en un colegio nuevo. ¡Nunca lo es!

—Pamela —dijo su padre con calma—, ¿cuánto tiempo crees que tardarás en darte por vencida? Nosotros queremos ayudarte, pero no queremos ver que te hacen daño.

—¡Dijimos un año! —exclamó Pamela angustiada—. Me prometisteis que podría estar aquí todo este curso.

—Pero entonces ignorábamos lo que iba a ocurrir todos nosotros —le recordó su padre—. Me pregunto si prefieres continuar todo el año o si te gustaría considerar la posibilidad de volver antes a Ridgedale. Quizás el mes que viene.

A Pamela comenzó a temblarle el labio inferior.

—Quiero quedarme —susurró, y su madre la abrazó con lágrimas en los ojos.

Denny parecía contrariado.

—Cometes una gran equivocación —manifestó antes de salir disparado de la habitación.

—Denny se equivoca —declaró Pamela con tristeza—. ¡Creo que tengo mi oportunidad en el colegio! Aunque voy a necesitar algo de tiempo.

Nadie dijo nada y al cabo de un minuto Pamela no pudo soportar aquel silencio. Se levantó del sofá para ir a su habitación que estaba en el primer piso.

Al cerrar la puerta las lágrimas corrían por sus mejillas. Tenía mucho en qué pensar. Y necesitaba estar sola.

Pamela estaba tan triste que apenas podía concentrarse en el misterio de Amanda Howard que estaba leyendo sentada en una cómoda butaca de la biblioteca de la ciudad. Se le llenaban los ojos de lágrimas y las palabras las veía borrosas.

—¡Amanda Howard! —exclamó Elisabet Wakefield con sorpresa—. ¡Dos veces en una semana! Tú y yo debemos tener PES.

Pamela hizo un esfuerzo por sonreír, pero Elisabet comprendió enseguida que algo grave pasaba.

—¿Te encuentras bien? —le preguntó mientras acercaba una silla para sentarse junto a Pamela.

Pamela tragó saliva.

—Supongo que sí —repuso muy triste—. He estado pensando todo el día, pero todo está tan confuso. Mi madre quiere que vuelva a Ridgedale el mes que viene —concluyó—.

A Elisabet le dio un vuelco el corazón.

—¡Tienes que convencerle para que te deje continuar aquí! ¡Sé que llegarás a adaptarte!

Pamela meneó la cabeza.

—No lo creo —contestó—. Tal vez mi padre tenga razón. ¿De qué sirve quedarme en Sweet Valley cuando las cosas se ponen cada vez más difíciles? Yo no pertenezco a un colegio normal, Elisabet. He de estar con gente como yo. Necesito ayuda y atención especiales—. Sacudió la cabeza al darse cuenta de que decía las mismas cosas que su padre repetía siempre, como si se las hubiese aprendido de memoria.

—No lo creo —declaró Elisabet—. Es preciso que sigas intentándolo, Pamela. ¿No crees que es importante que la gente de los llamados colegios normales conozca algo más acerca de los supuestos alumnos especiales?

—¿Qué quieres decir?

—Quiero decir —prosiguió Elisabet— que, de la manera como funciona ahora el colegio, quedan excluidas toda clase de personas. A menos que seas muy bonita, o muy deportista, o extremadamente inteligente, nadie se fija en ti. Y la mayoría de personas carecen de todas esas cosas. Piensa en todos los niños del colegio que conoces que no practican deporte, porque no pueden, e imagínate lo mucho que sufren durante las clases de gimnasia o en las Mini Olimpíadas.

Pamela pareció reflexionar.

—Supongo que nunca me había detenido a pensarlo —dijo en broma—. Sé que ha sido muy duro para tu hermana desde que se torció el tobillo. ¿Te refieres a eso?

Elisabet negó con la cabeza.

—El tobillo de Jessica estará bien dentro de unas semanas. Yo me refiero a gente como Lois Waller, gente que no es de complexión atlética por naturaleza. O Jimmy Underwood.

Jimmy era uno de los niños más bajitos de sexto grado y, aunque era buen estudiante, siempre lo escogían último para formar equipos.

Pamela no parecía convencida.

—Una cosa es no servir para el deporte y otra ser disminuido físico. Ni siquiera puedo seguir en la Escuela Media de Sweet Valley. Y creo que mi padre tiene razón. No creo que sea un lugar saludable para mí. Yo necesito estar entre gente como yo.

Elisabet tuvo la impresión de que nada de lo que dijera podría cambiar la decisión tomada por Pamela. Estaba deseosa de llegar a casa y ver a Jessica. Si su hermana iba a tratar de cambiar la estructura de las MO tendría que apresurarse.

Le parecía la única posibilidad para que Pamela Jacobson cambiara de parecer.

—Está bien, está bien —declaró Jessica apoyándose en el mármol de la cocina para sentarse encima—. A ver cuándo se me curará este estúpido tobillo —añadió mientras llenaba un vaso de agua y bebía un sorbo—. No me lo repitas. A Pamela le ha dado un ataque por culpa de las Mini Olimpíadas y quiere dejar el colegio y volver a Ridgedale.

—Su padre quiere que vuelva lo antes posible —certificó Elisabet con pesar—. Me da mucha lástima, Jessica. Yo creí que podrías colocarla en el comité de las nuevas Olimpíadas.

Jessica reflexionó mientras bebía el agua.

—No es mala idea —murmuró—. Probablemente apoyaría mi postura si llevase a Pamela conmigo. Así el señor Butler y la señorita Ulrich sentirían compasión por ella. ¡Y de este modo les sería demasiado embarazoso decir que no quieren tener en cuenta sus sentimientos teniéndola delante!

—Será mejor que tengas cuidado —le advirtió Elisabet—. Pamela es muy sensible.

—Lo sé —repuso Jessica—. Pamela y yo hemos pasado muchos ratos juntas, ¿recuerdas? Nos sentamos juntas en las gradas del gimnasio.

—Bueno, yo creo que es una gran idea —dijo Elisabet—. ¿Cuándo vas a reunirte con el comité?

—Telefoneé al señor Butler para preguntarle si podíamos celebrar una reunión urgente esta noche. Falta sólo una semana para las Mini Olimpíadas y, si vamos a cambiar de planes, hay que hacerlo enseguida.

—Bien —replicó Elisabet—. Y yo voy a hablar con el señor Bowman para ver si puede ayudarme a que Pamela colabore en la edición especial del *Sexto Grado de Sweet Valley*. —Se apartó los cabellos rubios del rostro con ambas manos como solía hacer siempre que pensaba algo importante—. Creo que si podemos conseguir que Pamela participe en algunas cosas quizá se olvide de Ridgedale.

Jessica no hizo ningún comentario. En realidad a ella no le importaba a qué colegio fuese

Pamela Jacobson. Lo único que deseaba era tener otra vez entre sus manos el control de las Mini Olimpíadas... ¡y hacer que Lila Fowler comprendiera de una vez por todas quién era la verdadera presidenta!

VIII

Media hora más tarde, Jessica llamaba al timbre de la casa de los Jacobson. Esperaba convencer a Pamela para que fuese a la reunión con ella. ¡Le había costado tanto llegar hasta allí! Nada como un tobillo dislocado para convertir el ir de un lado a otro en una verdadera tortura.

Al fin, un hombre alto y moreno, que Jessica supuso sería el padre de Pamela, le abrió la puerta.

—Hola —le dijo al parecer un tanto sorprendido.

—Soy Jessica Wakefield —dijo Jessica en tono cortés—. ¿Está Pamela?

—Sí, en su cuarto. Iré a avisarla —le dijo el doctor Jacobson mirando su tobillo—. Seguro que te duele —añadió, satisfecho de que hubiera ido a visitarles.

Jessica asintió. Sus ojos brillaron al ver a Denny Jacobson en el recibidor.

—Hola, Denny —dijo dulcemente mientras entraba en la casa con dificultad. Denny era uno de los chicos más guapos de octavo grado, y

Jessica, a quien le encantaba coquetear, comprendió de pronto que el pasar más tiempo con Pamela podía tener sus ventajas.

Denny le sonrió.

—¿Cómo te lesionaste el tobillo? —le preguntó.

Jessica pensó que a él no le interesaría oír la historia verdadera, de modo que decidió contarle una pequeña mentira.

—Me caí cuando ensayaba un nuevo vítor con las Animadoras—. Sabía que a Denny le encantaban las Animadoras.

Por desgracia, Pamela salió en aquel momento y su conversación con Denny quedó interrumpida.

—Hola, Jessica —le dijo incluso más sorprendida que su padre, a quién dirigió una mirada de soslayo como diciéndole: «¿Te das cuenta? ¡La gente *viene* a verme!»

—Pamela, he venido a hablarte de las Mini Olimpíadas —dijo Jessica sin advertir la expresión de extrañeza en el rostro de Denny—. ¿Podemos sentarnos en algún sitio y charlar? Necesito tu consejo.

Jessica no tardó en estar sentada sobre la colcha floreada de la habitación de Pamela. Miró a su alrededor reprimiendo un suspiro. Todo estaba tan ordenado... ¡tal como el dormitorio de Elisabet! Ni posters de estrellas del rock, ni montones de ropa revuelta por el suelo, nada que la hiciera cómoda y habitada, como la propia habitación de Jessica.

Sin embargo, no había ido para inspeccionar la casa de los Jacobson. No tenía mucho tiempo y tenía que tratar tan pronto como pudiera del asunto con Pamela.

—¿Te ha hablado Elisabet de lo injustas que son las Mini Olímpiadas? —le preguntó Jessica yendo directamente al grano.

—Un poco —repuso Pamela—. Pero la verdad es que no veo el modo de remediarlo. Las competiciones siempre son injustas. Si fuesen *justas*, no serían divertidas.

Jessica arrugó el entrecejo.

—No lo sé. Lo que es seguro es que necesitamos competir. ¿Pero no te parece que las competiciones debieran incluir distintas pruebas y no únicamente actividades deportivas? Del modo que Lila las ha organizado, personas como tú... y yo... quedamos descartadas.

—Yo no sabía que Lila era quien quería que fuesen así —manifestó Pamela sorprendida.

Jessica la miró con tristeza.

—Cuesta creerlo, ¿verdad? Parece tan simpática y agradable. Créeme, Pam, he hecho todo lo que he podido para que el comité tenga una mentalidad más abierta. —Bajó la voz en tono confidencial—. Entre tú y yo... me parece que hemos llegado a un punto en el que Lila y yo vamos a tener algún que otro problema.

—Uau. —Pamela puso los ojos en blanco.

—Por eso necesito que me ayudes —añadió Jessica—. En primer lugar yo no sé mucho de carreras especiales. Imagino que vosotros debíais tener unas Olimpíadas Especiales en Ridgedale, ¿acierto?

Pamela asintió.

—Claro. Teníamos carreras con sillas de ruedas y un montón de pruebas en los que todos podíamos participar. Ya sabes, cosas que requieren más inteligencia que fuerza.

—¡Eso es exactamente lo que yo pensaba! —exclamó Jessica—. Incluso podríamos celebrar una carrera en la que todos tuvieran que utilizar muletas —añadió con picardía. Jessica estaba segura de que el próximo viernes dominaría las muletas para poder ganar a todos los de sexto grado.

—¿Pero de veras crees que el comité querrá cambiar la composición de las Mini Olimpíadas? —preguntó Pamela—. Yo creía que todo el mundo estaba contento tal como estaban organizadas.

—Oh, creo que algunas personas sí —replicó Jessica, pasando por alto el hecho de que antes de torcerse el tobillo ella estaba más que contenta con las pruebas programadas—. Pero no importa si la gente está o no contenta con las pruebas,

Pamela. La gente necesita aprender. Tienen que darse cuenta de que no todo el mundo puede saltar, correr deprisa o trepar por una cuerda. —Ahora se sentía animada por la idea olvidando que se la había dado Elisabet.

—Eres sorprendente, Jessica —dijo Pamela muy excitada—. Si puedes llevar esto adelante y convencerles para que realicen algunos cambios...

—¡Claro que podré! —declaró Jessica, y luego miró rápidamente a Pamela—. Quiero decir que *nosotras* lo conseguiremos. —rectificó—. Pamela, creo que el señor Butler y la señorita Ulrich estarían más dispuestos a reflexionar sobre los cambios que yo he propuesto si tu vinieras esta noche a la reunión conmigo. Tenemos que hacerles ver lo injustos que han sido. ¿Querrás?

Pamela reflexionó.

—¿Y por qué no? —dijo—. Parece buena idea, Jessica. Si puedo ayudar, por lo menos habré hecho *una cosa útil* antes de abandonar la Escuela Media de Sweet Valley.

Jessica se puso en pie con esfuerzo para coger sus muletas.

—¿Crees que tus papás querrán acompañarnos en coche al colegio, Pamela? Allí es donde hemos de reunirnos con los demás.

—Seguro que sí.

—Entonces vamos —exclamó Jessica—. ¡Estoy segura de que entre las dos podremos convencerles para que hagan exactamente lo que deseamos!

«Y entretanto haremos que Lila Fowler parezca una auténtica arpía», pensó contenta. Si aquello no era matar dos pájaros de un tiro, ¿qué era entonces?

—Bien —dijo el señor Butler que se quitó las gafas para mirar a Jessica y Pamela con el ceño fruncido—. Tengo que admitir que vosotras dos sois muy convincentes. Jessica. ¿Por qué no lo propusiste antes?

—Me daba miedo —repuso Jessica, mirando significativamente a Lila—. Me dio miedo de que algunas no lo aprobaran.

El hermoso rostro de Lila expresó indignación.

—Supongo que te refieres *a mí*.

—Por favor, Lila —intervino la señorita Ulrich—. A mí me parece que Jessica y Pamela tienen un punto de vista muy justo que hay que considerar detenidamente. No veo qué bien puede hacer discutir acaloradamente sobre esta cuestión.

—Pero ya está todo planeado —se lamentó Lila—. ¡Hemos empleado tanto tiempo y sólo falta una semana!

Jessica se aclaró la garganta.

—Yo antes pensaba igual que Lila —arguyó moviendo la cabeza—. Pensaba que una vez se tienen los planes aceptados es demasiado tarde para cambiarlos. Luego comprendí que era por pereza. Hacía lo que hace siempre la gente cuando en realidad saben... en su interior... que las cosas pueden cambiarse, pero no quieren tomarse la molestia de hacer nada.

—¡Muy bien! —exclamó la señorita Ulrich mientras golpeaba el costado de su silla con los planes enrollados de las Mini Olimpíadas.

El rostro de Lila amenazaba tormenta.

—Antes de que te torcieras el tobillo no te preocupaban tanto las personas "especiales" —acusó a Jessica—. ¡Creo que lo único que pretendes es asegurar *tu participación*!

—Lila —dijo el señor Butler con desaprobación—, no pensarás en serio que...

—No, señor Butler —intervino Jessica con generosidad—. En parte Lila tiene razón. Hasta que me torcí el tobillo no me daba cuenta de lo que significaba intentar hacer las cosas más sencillas en un mundo hecho para gente que no necesita ni muletas ni sillas de ruedas. Una semana nada más teniendo que valerme así, me hizo comprender lo injusto que es nuestro mundo.

Meneó la cabeza mientras entraba de lleno en el dramatismo de su discurso. No tardó en dar una descripción extensa y detallada de cómo eran tratadas las personas con problemas por el resto de la gente llamada normal. Su actuación fue tan conmovedora que incluso al señor Butler se le llenaron los ojos de lágrimas. Únicamente Lila continuó mirándola escéptica.

—Bien, Jessica, por lo que a mí respecta, tienes mi autorización para efectuar los cambios que creas apropiados —propuso el señor Butler—. ¿Qué opina usted, señorita Ulrich?

La señorita Ulrich aplaudía entusiasmada.

—Creo que estas dos niñas merecen un reconocimiento especial —declaró—. Jessica Wakefield voy a proponerte para el premio al Servicio Cívico! Eres una jovencita extraordinaria y ciertamente mereces una recompensa.

Lila puso mala cara mientras Pamela y Jessica quedaban de acuerdo con el señor Butler para reunirse al día siguiente y empezar a reorganizar las MO. Esperó a que los mayores abandonasen la habitación antes de decirle a Jessica lo que pensaba.

—Eres una mala persona —le dijo furiosa—. ¡Tú sabías que yo realizaba un gran trabajo organizándolo todo! ¿Por qué has tenido que entrometerte?

—Lila —le dijo Jessica en tono de reproche—, haces que parezca que yo tengo motivos personales y *egoístas* para desear estos cambios. Recuerda lo que dijo la señorita Ulrich. Que Pamela y yo pensamos en el bien de todo el colegio. ¿No es así, Pamela?

—Cierto —contestó Pamela que examinaba los planes para las Mini Olimpíadas con el ceño fruncido. No le interesaba gran cosa la discusión que sostenían Lila y Jessica. Le interesaba mucho más la reorganización de las MO.

En realidad estaba deseando poner manos a la obra.

—Steven —llamó Jessica desde la cocina—. Sé que me tienes condenada al silencio, ¿pero quieres venir aquí y ayudarme a llevar esto? No puedo llevar el aperitivo y utilizar las muletas al mismo tiempo.

—De todas formas, ya estoy harto de no hablarte —replicó Steven, que entró en la cocina y cogió el bol lleno de palomitas de maíz que tenía en la mano. Se metió unas cuantas en la boca—. He vuelto a tener premoniciones —añadió—. Algo me dice que vas a tener problemas.

—Creía que ya habías terminado con tus PES —gruñó Jessica, que le siguió hasta la sala de estar.

—Me han vuelto, ya ves. ¿Qué puedo hacer yo?

Jessica decidió que lo mejor era no hacerle caso. En vez de discutir sobre PES le contó lo ocurrido en la reunión de aquella noche y los cambios que Pamela y ella iban a introducir en las Mini Olimpíadas.

—Mis PES me dice que esto tiene algo que ver con tu tobillo —dijo Steven con sequedad—. Y también asegurar la posibilidad de que tú puedas ganar alguna de las pruebas, ¿acierto?

Jessica le dirigió una mirada glacial.

—No tienes razón —le recriminó—. Para tu información, la señorita Ulrich me cree merecedora del premio al Servicio Cívico de este año.

Steven lanzó un gemido.

—Valiente Servicio Cívico —dijo con sarcasmo—. El único servicio que te interesa es el servicio que beneficie a Jessica Wakefield. ¡No podrías ser más egoísta aunque lo intentaras!

—Cállate —le gritó Jessica—. Tú no sabes nada.

Personalmente le encantaba la idea de ganar un premio por preocuparse tanto por los demás. Lo consideraba una recompensa merecida tras una larga y dura tarea. ¡Y estaba impaciente por empezar a trabajar otra vez en las Mini Olimpíadas y demostrar a Lila Fowler lo que era una organizadora *de verdad*!

IX

Jessica no podía creer que fuesen ya las cuatro y media. El día le había pasado volando. Era domingo. Pamela y ella habían estado trabajando de firme en el sótano de los Jacobson desde las doce. Estaban rodeadas de papeles esparcidos y junto a Jessica había un montón de cuadernos... informes de las anteriores Mini Olimpíadas que le había prestado el señor Butler.

—Es muy extraño que nadie haya puesto la menor objeción a la forma de organizar las pruebas hasta ahora —opinó Jessica ojeando los informes de años anteriores—. ¿Cómo es posible que en todo este tiempo a nadie se le haya ocurrido efectuar algunos cambios como éstos?

Pamela meneó la cabeza.

—A la gente no le gusta cambiar —declaró—. Esa es una de las razones por la que resulta tan duro para nosotras las que no encajamos. Lo hemos pasado muy mal... primero convenciendo a la gente de que existimos. Y segundo, haciéndoles desear llevar a cabo algo para remediarlo.

—Bueno —puntualizó Jessica—. Creo que tú y yo vamos a pasar a la historia de la Escuela Media de Sweet Valley, Pamela.

No podía por menos de pensar interiormente que probablemente todo el mérito era para *ella*. Tal como estaban las cosas, todo el mundo en el colegio la consideraba una santa por ayudar a Pamela. Al principio, cuando corrió la noticia de que Jessica había convencido al señor Butler y a la señorita Ulrich para que reorganizaran el gran día, nadie podía creerlo. Pero a las pocas horas lo sabía todo el colegio. Jessica había decidido que no era justo organizar unas pruebas en las que no pudiera tomar parte *todo el mundo*. Del modo que Pamela y ella lo estaban preparando, incluso los más pequeños... y los malos atletas... tendrían su oportunidad.

Durante todo el día siguiente a Jessica la paraban en los pasillos. Todos querían saber cómo se le había ocurrido la idea; cómo tuvo valor para proponérselo al señor Butler; si era cierto que Lila y ella ya no iban a trabajar juntas; y si su tobillo dislocado tenía algo que ver con el cambio de las Olimpíadas. Jessica adoptó una postura humilde. Después de todo, pronto sería una famosa Ciudadana Ejemplar. Se limitaba a sonreír, a sacudir su melena y admitir que siempre había pensado que las pruebas deportivas eran injustas. Y que ya era hora de hacer algo al respecto, nada más.

—Eres una gran líder por naturaleza— le dijo Carolina Pearce con admiración el viernes por la mañana en clase—. Quizá debieras presentar tu candidatura para el Comité Estudiantil.

Se acercaban las elecciones y Jessica no pudo por menos de estar de acuerdo en que Carolina tenía razón. Por supuesto que a ella nunca le había interesado la política estudiantil. Elisabet había hablado de presentarse para el cargo de tesorera y Jessica le dijo que no podía imaginar cosa más aburrida que pasarse horas sentada discutiendo con los administradores, cuando podía divertirse con las Animadoras o yendo de compras al centro.

Pero ahora veía las cosas de un modo distinto. Era divertido ser el centro de atención. Al fin y al cabo pudiera ser que la política no fuera tan mala. «Jessica Wakefield, primera mujer presidenta de Estados Unidos», soñó mientras pasaba las páginas de los informes antiguos.

—Creo que has hecho un trabajo magnífico —le dijo Pamela con lealtad y los ojos húmedos—. Jessica, he sido muy afortunada al conoceros a ti y a tu hermana. ¡El colegio ha sido mucho más divertido estos últimos días!

Y su padre también había notado la mejoría. Ya había mencionado varias veces cuánto celebraba que Jessica fuera por su casa tan a menudo.

Jessica se alarmó. Una cosa era estar de su parte y reorganizar las MO en su beneficio... sobre todo cuando Jessica iba a salir tan bien beneficiada.

Pero desde luego no estaba dispuesta a que Pamela lo interpretara mal. Era una niña bastante simpática, pero Jessica había sido siempre *muy exigente* para escoger sus amistades. No como Elisabet, que se sentía atraída por chicas tan serias como Amy Sutton.

Jessica esperaba que Pamela no la asediara con la esperanza de ser admitida entre las Unicornio o cosas por el estilo.

Pero Pamela no parecía pertenecer a ese tipo y Jessica, más relajada, volvió a su trabajo. Le gustaba ir a casa de los Jacobson, especialmente cuando estaba Denny.

—Tu hermano es muy guapo —le dijo a Pamela cuando comenzaron a redactar la lista de las nueve pruebas—. ¿Le gusta alguien del colegio?

Pamela negó con la cabeza.

—No le gustan las chicas. Y yo menos que ninguna —le confió.

Jessica pensó que era una lástima. Había esperado secretamente que se fijara en ella ahora que iba tan a menudo a su casa. Quizá cambiase de opinión respecto a las chicas cuando la conociera mejor.

—Janet Howell y Ellen Riteman van a venir a

mi casa esta noche —le dijo Jessica a Pamela—. ¿Quieres venir tú también?

Pamela meneó la cabeza.

—No, pero gracias por pedírmelo. Prometí a mi padre quedarme en casa esta noche. Cree que me estoy excediendo.

—Muy bien —repuso Jessica mientras recogía sus cosas.

«Estupendo», pensó. De este modo estaba segura de que ella se haría acreedora de todo el mérito por las largas horas que Pamela y ella habían pasado juntas durante los últimos días.

—No sabía que tú ibas a venir también —dijo Jessica a Lila.

No podía creer que Lila llevase la clase de ropa que vestía. Parecía salir de la revista *Diecisiete* con sus botas y falda de piel.

—*Lo siento* —dijo Lila con frialdad al entrar en la casa.

—Subamos a mi cuarto —se apresuró a decir Jessica al ver a su hermano. No quería que Steven hablara de su PES delante de sus amigas.

—Veréis, lo hemos reorganizado todo —afirmó Jessica con orgullo una vez hubo cerrado la puerta y Steven ya no podía oírlas—. Vamos a hacer también cuatro equipos. Pero nadie podrá apuntarse para una prueba determinada. Supongamos que tenéis a alguien como Winston Egbert en vuestro equipo, que como ya sabéis es un gran corredor. No podéis apuntarle en la carrera de tres piernas. Funcionará así: antes de una prueba un representante de cada equipo sacará un papel de un gorro. A cada miembro del equipo se le asignará un número. Si sale tu número, participas en la prueba. De este modo es completamente justo... todos tienen las mismas posibilidades de intervenir en una prueba.

—Pero si eres buen deportista, ¿no sigues teniendo ventaja? —preguntó Janet.

Jessica meneó la cabeza.

—Hemos cambiado las pruebas de modo que únicamente algunas requieren fuerza física o velocidad. Vamos a añadir ahora una serie de pruebas que sólo requieren inteligencia. Resolver puzzles, por ejemplo; en otra de las pruebas se atarán juntos dos miembros de cada equipo y tendrán que desatarse; vamos a tener un concurso de hacer camas... quien la haga más deprisa y mejor hecha, ganará; y un concurso de equilibrio con huevos. Las pruebas acuáticas también se cambiarán todas: en una de ellas tendrás que mantener en equilibrio un bol lleno de agua sobre una tabla y quien vierta la menor cantidad de agua, ganará.

Lila frunció el entrecejo.

—Eso es ridículo —dijo—. ¿Quién ha oído jamás que en unas Mini Olimpíadas haya un concurso de hacer camas?

—Hay montones de cosas como ésa —repuso Jessica con calma—. El doctor Jacobson nos va a prestar cuatro sillas de ruedas del hospital y tendremos carreras con sillas de ruedas —sonrió—. Incluso vamos a tener una prueba que se llama Croquet con Muletas. Se montará un campo de croquet, pero los participantes tendrán que utilizar muletas... una para andar y otra para dar a la bola.

Lila gimió.

—Y supongo que tú por arte de magia vas a sacar el número acertado para poder participar en esa prueba, ¿no?

Jessica se hizo la ofendida.

—No te comprendo, Lila —le regañó—. Estoy tratando de cambiar las cosas para que todo el mundo se divierta y tú no eres imparcial.

—¿Imparcial? —Lila estaba furiosa—. ¿Cómo voy a ser imparcial cuando tú lo cambias todo para poder participar?

—Eso no es cierto —replicó Jessica con calor—. Yo he pensado en Pamela... y otras personas como ella.

—Vamos, no discutáis —dijo Ellen.

—Debierais haber visto a Jessica haciendo la pelotilla al señor Butler y la señorita Ulrich —se lamentó Lila—. ¡Me dieron náuseas! Sé que no pensaba más que en sí misma todo el tiempo, y la señorita Ulrich prácticamente quiere convertirla en santa. Fue horrible.

—Lila, ¡te has comportado rematadamente mal desde el momento que te nombraron vicepresidenta! No has prestado la menor ayuda. Creo que he tenido una buena idea y te agradecería que me respaldaras en vez de hacerme parecer egoísta todo el tiempo.

—No puedo remediarlo —gruñó Lila—. Yo quiero que las Mini Olimpíadas sean como el año pasado... y el anterior.

Jessica estaba a punto de replicar pero se contuvo al ver la expresión del rostro de Janet. Janet era prima de Lila. Era difícil saber lo que pensaban la una de la otra, pero desde luego Jessica no estaba dispuesta a perjudicar su posición entre las Unicornio. Quizá lo mejor fuese no expresar sus sentimientos tan abiertamente.

De todas formas tenía el apoyo del señor Butler y la señorita Ulrich. Lo demás no importaba. Era bien evidente que Janet y Ellen consideraban que sus ideas eran estupendas, y que iba a recibir una mención especial como buena ciudadana. Mientras no se lo dijera a Lila delante de Janet, a Jessica le parecía que había salido de todo aquel asunto con una clara victoria.

Y Lila iba a lamentarlo cuando viera lo bien que resultaba todo aquel viernes. Jessica estaba completamente convencida.

—¿Jessica? —dijo la señora Wakefield al entrar en el dormitorio de su hija. Eran las nueve y media y Jessica estaba haciendo sus deberes de matemáticas. Estaba cansada de los acontecimientos de aquel día, pero debía hacerlos o tendría problemas en el colegio.

—¿Qué quieres, mamá?

—Tu padre y yo hemos estado hablando. Queremos que sepas que los dos nos sentimos muy orgullosos de ti. Creo que para hacer lo que has hecho esta semana se necesita mucho valor. Hubiera sido mucho más fácil dejar las cosas como estaban y, en cambio, tú te decidiste a efectuar los cambios precisos. Y creo que lo que has hecho marcará una gran diferencia... no sólo este año, sino también en el futuro.

Jessica no daba crédito a sus oídos. ¡Su madre jamás le había hablado así!

—También le hemos dicho lo mismo a tus hermanos —añadió la señora Wakefield con una sonrisa—. Les dijimos lo orgullosos que nos sentimos de ti. Y estoy segura de que ellos lo están también.

Jessica no podía creerlo. «¡Vaya, a Steven le habrá encantado oír lo generosa y altruista que soy!», pensó. Pero no tuvo que esperar mucho para conocer la reacción de sus hermanos.

—¡Vaya trabajo fino que has hecho! —le recriminaba Steven minutos más tarde después de que la señora Wakefield bajara las escaleras.

Elisabet y él habían subido a la habitación de Jessica muy indignados—. ¡Cómo les has engañado! Les dije que toda la fuerza de mi PES decía que... en el momento que tu tobillo esté curado vas a olvidarte de los minusválidos. Pero no han querido creerme.

—Gracias, Steven —dijo Jessica con frialdad—. No hay nada como el voto de confianza de un hermano mayor, es lo que digo yo siempre. —Dirigió una mirada dolida a Elisabet—. ¿Tú tampoco me crees, verdad?

Elisabet no supo qué contestar. Deseaba creer que Jessica se había vuelto de repente tan altruista, pero no podía dejar de pensar que había algo de verdad en lo dicho por su hermano.

De todas formas, el tobillo de Jessica cada día estaba mejor. Tenía el presentimiento de que no habría de esperar mucho para conocer la verdadera historia que se ocultaba tras la nueva personalidad de Jessica.

X

—¿De verdad crees que vas a tener tiempo de escribir una historia sobre los cambios que habéis introducido Jessica y tú en las Mini Olimpíadas? —preguntó Elisabet a Pamela. Las dos niñas se hallaban en la biblioteca del colegio. Elisabet le había estado explicando como funcionaba *Sexto Grado de Sweet Valley*. El señor Bowman quería tener el artículo el jueves por la tarde para que pudiera salir en la edición especial del viernes.

Pamela reflexionó.

—Nunca he escrito nada parecido hasta ahora, pero creo que puedo hacerlo. ¿Sabes, Elisabet, no es curioso que una cosa conduzca a otra?

—¿Qué quieres decir? —preguntó Elisabet con curiosidad.

—Pues que yo había pensado antes escribir algo para el periódico, pero supongo que me sentía... no sé. Como si no quisiera intentarlo porque me sentía excluída de las cosas que realmente quería hacer. Como el Club de Animadoras. —Pamela sonrió con timidez—. No creo que los niños de la Escuela Media de Sweet Valley sean los únicos que necesiten aprender lo que es ser minusválido, Elisabet. Creo que *yo* también necesito aprender un poco.

Elisabet la miró sorprendida.

—Pero... ¿qué es lo que tienes que aprender? —le preguntó.

Pamela pareció buscar la frase para poder expresar lo que quería decir:

—No creo que yo haya facilitado las cosas desde que vine a este colegio —confesó—. Es fácil echar toda la culpa a mi padre. Es cierto que mi padre estuvo en contra desde el principio de que yo asistiera a un colegio normal, pero yo creo que he hecho las cosas más difíciles. ¡Esperaba tantas cosas!

—¿Cómo qué? —preguntó Elisabet.

—Como... no sé, pensaba que la gente iba a venir *a mí*, pidiéndome que participara en cosas, tratando de hacer amistad —se encogió de hombros—. Supongo que, cuando vine aquí, me sentía especial y esperaba que la gente me tratara de un modo distinto a los demás. Y eso es una tontería. La verdad es que no me esforcé por participar en cosas donde mi problema no importaba. Sin ir más lejos, tú misma intentaste que colaborase en el periódico una docena de veces —le recordó a Elisabet.

Elisabet asintió.

—Eso es cierto. Ya empezaba a pensar que no te interesaba.

Pamela meneó la cabeza.

—¡Pero sí me interesa! Supongo que me ha llevado un tiempo comprender que *he de ser yo* la que ha de estar segura de encajar aquí. Tú y Jessica me habéis abierto los ojos, Elisabet —sonrió—. De todas formas, me emociona poder escribir lo que hemos hecho. ¡No sé si será un buen trabajo, pero desde luego haré todo lo que pueda!

—Es una buena noticia —declaró Elisabet—. No sé si a ti te pasa lo mismo, Pam, pero toda esta charla sobre las Mini Olimpíadas me excita muchísimo. ¡Estoy impaciente por que llegue el viernes!

—Yo también.

Y por el brillo de sus ojos, Elisabet supo que Pamela decía la verdad.

—¿Qué vamos a hacer con él? —preguntó Jessica al entrar en la habitación de su hermana y cerrar la puerta de golpe—. Lisa, creo que no voy a poder soportarlo más. ¡Steven me está volviendo loca!

—¿Por qué? ¿Qué ha hecho ahora? —preguntó Elisabet, que levantó la vista de la revista que estaba leyendo.

—Dice que tiene la corazonada psíquica de

qué equipo ganará mañana. Y amenaza con ganar mucho dinero organizando apuestas y haciendo pagar a la gente por sus consejos de PES sobre a quien apostar.

—Por lo menos utiliza su sentido de negociante —dijo Elisabet en broma—. Oh, Jessica, yo no me preocuparía por eso —añadió al ver la expresion sombría de su hermana—. Estoy segura que no tardará en cansarse de todas esas tonterías psíquicas.

—Sí, bueno, pero yo ya estoy harta —dijo Jessica—. No creo que pueda soportarlo ni un minuto más, te lo aseguro.

—¿Es imaginación mía o te sientes un poco... como diría yo... rara?

Jessica suspiró.

—Lisa, tú no sabes lo difícil que resulta ser una famosa y modélica ciudadana. ¿Te das cuenta de que la señorita Ulrich quiere que asista a una comida con los del PTA (*) para aceptar ese estúpido premio al Servicio Cívico?

—Bueno, no me parece tan malo —replicó Elisabet—. Yo creía que te gustaba ser el centro de atención... y que te vean como lo que eres, una famosa y modélica ciudadana —añadió.

Jessica dejó sus muletas para palpar su tobillo.

(*) N. del T. Corresponde a las siglas «Parent Teacher Association» (Asociación de padres y profesores)

—Yo creo que está mejor —declaró—. Ya no me duele tanto. ¡Estoy deseando librarme de estas muletas!

—Sigo sin comprender por qué te preocupa la comida del premio —dijo Elisabet, que cerró la revista para dedicarle toda su atención—. Estás contenta de que se hayan cambiado las Mini Olimpíadas, ¿no?

—Bueno, supongo que sí —Jessica suspiró—. Pero estoy harta de ser *buena* —se inclinó confidencialmente—. ¿Qué dirías si te confesara que la única razón por la que he querido cambiarlas es, ante todo, porque no podía soportar el verme marginada?

Elisabet fingió reflexionar y luego reaccionó con grandes aspavientos.

—Jamás lo creería —declaró—. Ni en un millón de años. ¡Una buena y modélica ciudadana como tú, Jessica Wakefield!

Jessica frunció el ceño y se puso en pie con esfuerzo.

—Ser una buena ciudadana es aburrido —anunció mientras cogía sus muletas para dirigirse a la puerta—. No me sorprendería que me hartase de serlo en cuanto terminen las Mini Olimpíadas —añadió.

Elisabet disimuló una sonrisa mientras cogía de nuevo su revista. A ella tampoco le sorprendería. ¡En realidad, la única cosa que le sorprendería en aquel momento era que Jessica hubiera sido una buena ciudadana tanto tiempo!

—Mamá —dijo Pamela con timidez al entrar en la habitación de sus padres—, ¿puedo hablar contigo un momento?

—Claro, cariño —le dijo su madre con una sonrisa—. ¿Qué ocurre? ¿Estás nerviosa porque mañana es el gran día?

—Estoy impaciente. Papá ha sido tan bueno al prestarnos las sillas de ruedas. —Jugueteó con la cinta de su pelo mientras buscaba la manera de expresar lo que quería decir.

—¿Estás preocupada por el colegio? —le preguntó su madre con cariño.

Pamela asintió con los ojos llenos de lágrimas.

—Me empieza a gustar la Escuela Media de Sweet Valley —confesó—. Mamá, ¿tú crees que papá dejará que me quede todo el año? La verdad es que las cosas empiezan a ir mejor.

—¡Oh, Pamela! —exclamó su madre que la envolvió en un cálido abrazo—. Cariño, esa decisión la has de tomar *tú*. Sabes que tu padre y yo sólo queremos lo que sea mejor para ti. Si decides quedarte, nosotros te respaldaremos en todo.

—¿Pero cuál crees tú que es la decisión correcta? —preguntó Pamela con ansiedad—. No desearía cometer una estúpida equivocación.

Su madre arrugó la frente.

—No estoy segura de poder contestar a eso, Pam. Creo que la única que puede saberlo eres tú. Sé que significa mucho para ti permanecer una temporada en una escuela normal. Y, al mismo tiempo, tengo la impresión de que algunas veces te sientes sola. Que echas de menos Ridgedale.

Pamela reflexionó intensamente.

—Ridgedale era cómodo —confesó al fin—. Conocía a todo el mundo. Y todas las reglas. Todos sabían lo que yo no debía hacer y no había ningún riesgo. Pero... no sé, no era muy estimulante. Me gusta tener que esforzarme —concluyó con tristeza.

La señora Jacobson volvió a abrazarla.

—Yo te admiro por eso —murmuró—. Eres *una gran luchadora*, cariño. Siempre lo has sido. Los médicos dijeron que eso es lo que te salvó las dos veces que te operaron del corazón. —Apartó a Pamela un momento para mirar sus ojos húmedos de lágrimas—. ¿Quién sabe? Quizás en cierto modo esta vez también luchas por tu vida. Y tú padre y yo no nos hemos dado cuenta.

—Oh, mamá —exclamó Pamela echándole los brazos al cuello mientras daba rienda suelta a sus lágrimas—. Quiero quedarme en la Escuela Media de Sweet Valley —dijo al fin—. Quiero intentarlo con todas mis fuerzas y ver si logro adaptarme.

—Pamela, si alguien puede conseguirlo, eres tú —le dijo su madre con los ojos húmedos. Permanecieron inmóviles un minuto sin duda pensando en lo mismo—. Pero todavía hemos de hablar con tu padre —añadió la señora Jacobson.

Las dos suspiraron al pensarlo.

—Quizás el día de mañana ayude a convencerle —dijo Pamela esperanzada—. Vendrá a las Mini Olimpíadas, ¿verdad?

La señora Jacobson asintió.

—Espero que aciertes. ¡No sé por qué insistió tanto para que no te fueras de Ridgedale!

Pamela tampoco lo sabía. Lo único que esperaba es que su padre dejase la decisión en sus manos. Sobre todo ahora que sabía... por primera vez.. dónde quería estar.

XI

Jessica no podía creer que por fin fuese viernes... *el gran día*. Sus preocupaciones por ser una buena ciudadana desaparecieron por completo mientras terminaba de vestirse y ataba una cinta morada a su cola de caballo para que las Unicornio vieran que las recordaba. La madre de Pamela iba a llevarlas en coche a la Escuela Primaria que era donde iba a celebrarse el festival. Tenía que admitir que Pamela había sido una gran ayuda durante la última semana. Pamela brindó montones de buenas sugerencias y era una excelente organizadora. Lila, claro está, no tuvo más que problemas desde que se cambiaron las MO. Pero eso Jessica ya lo esperaba.

A las nueve y media todo el mundo había llegado al terreno de juego de la escuela donde iban a nombrarse los equipos. El señor Butler leyó los nombres de la lista impresa del ordenador hecha el día antes. Las clases habían sido divididas en cuatro grupos. Jessica y Pamela estaban las dos en el equipo Azul; Elisabet en el Negro;

Ellen Riteman en el Blanco; y Lila, Janet y Ken Matthews en el equipo Rojo. Amy Sutton gritaba de alegría al enterarse de que estaba en el mismo equipo que Elisabet. Por fin dieron comienzo las pruebas. El señor Butler era el juez árbitro y anunció la apertura de los juegos.

El día estaba dividido en tres partes. Primero, había un concurso de talento. Cada equipo tenía que componer una canción y escribir un relato corto que serían juzgados por la señorita Ulrich y otros miembros del PTA antes de la comida. A continuación habría una hora de juegos de inteligencia. En el campus se habían montado tiendas con los juegos: rompecabezas, dameros, un concurso de palabras cruzadas y una versión junior de la Rueda de la Fortuna.

Luego comenzaría la última parte de la competición. Esta fase final comprendía varias de las pruebas ideadas por Pamela y Jessica... las carreras con sillas de ruedas, el croquet con muletas, la carreta de tres piernas, huevos en equilibrio, pruebas en la piscina, entre otras.

Jessica suspiraba porque le tocase participar en la prueba del croquet con muletas. Pensaba ganar con las manos atadas. No queriendo correr ningún riesgo, ya había convencido al señor Butler para que le permitiera encargarse de los números de su equipo. Después de todo ella era la presidenta. Y si por casualidad elegía su propio número, ¿quién iba a protestar? ¿Acaso no era una buena ciudadana? ¡Nadie podría acusar a una buena ciudadana de manipular el sorteo del croquet con muletas!

El concurso de talento de las MO salió muy bien. Los padres habían sido invitados a pasar todo el día y estaban sentados en las gradas que rodeaban la pista de béisbol de la Escuela Primaria donde cada equipo iba a representar su sketch y su canción, Jessica pensó en que el equipo Azul lo tenía ganado. Su sketch se titulaba "Butler lo consiguió". Era una parodia de los entrenamientos del equipo de voleibol de la Escuela Primaria. Y su canción, "Blues del equipo Azul", muy pegadiza. Pamela escribió la letra:

> *¿Oíste la noticia tú?*
> *Tenemos un blues del equipo Azul.*
> *Te despiertas por la mañana*
> *y estás desanimada.*
> *No quieres bailar*
> *y estás cansada de jugar...*
> *¿Qué vas a hacer?*
> *¿Qué vas a escoger?*
> *Sabes lo que tienes tú:*
> *un blues del equipo Azul.*

Ninguno de los otros equipos ni siquiera se aproximó. El equipo Rojo tenía un sketch realmente tonto que Jessica sospechaba era obra de Lila, porque era la parodia de un concurso de hacer camas y no tenía ninguna gracia. Su canción también era tonta. Se titulaba "Temed al Rojo" y parecía un vítor de las Animadoras. El equipo Negro lo hizo bastante bien y en su sketch se notaba la mano de Elisabet y trataba de las nuevas periodistas intentando adivinar quien ganaría las Mini Olimpíadas. Su canción "Magia Negra" era muy graciosa rimando muy bien "trágico" y "mágico". El equipo Blanco fue el peor. Un alumno de quinto grado presentó un monólogo en vez del sketch, y su canción era en realidad una retahíla de versos sin la menor rima.

Jessica y Pamela llegaron al borde del delirio cuando el señor Butler anunció que el equipo Azul había ganado el primer premio en el concurso de talento. Eso les dio cien puntos. El equipo Negro ocupó el segundo lugar con noventa puntos; el Rojo fue el tercero con ochenta y el pobre equipo Blanco el último con setenta.

—Apuesto a que debes sentirte muy orgullosa de ti misma —le susurró Lila a Jessica cuando fueron a comer.

Jessica apenas pudo reprimir una sonrisa. ¡Sabía que su equipo iba a ganar... lo sabía!

Después de la comida la competencia fue realmente seria. A Jessica se le rompió el corazón cuando el equipo Rojo ganó el concurso de inteligencia. Los Azules fueron terceros, los Blancos segundos y los Negros perdieron... el tanteo quedó en 170 para Rojos y Azules y los Blancos y Negros con 160 cada uno. Era una competición mucho más reñida de lo que nadie pudo sospechar. Las pruebas de la tercera parte iban a ser cruciales.

Todo el mundo estaba muy excitado. Los padres gritaban animando a sus hijos y los profesores también. Jessica estaba impaciente porque llegara la prueba del croquet con muletas. Sabía que podría ganar el primer puesto para su equipo.

La primera prueba de las diez programadas era el concurso de hacer camas. Con gran regocijo por parte de Jessica, Lila fue escogida como representante del equipo Rojo. Tuvo que competir contra Patty DuVal del equipo Blanco, Carolina Pearce del equipo Azul y Elisabet del equipo Negro. Colocaron cuatro colchones bajo el asta de la bandera, y a cada participante se le entregó un juego de sábanas. Cuando el señor Butler gritó: ¡Ya!, cada una corrió a hacer su cama. Jessica gritó, ¡ánimo, Carolina! tan fuerte que le dolía la garganta. Pamela agitaba los brazos excitadísima. Carolina quedó segunda después de Elisabet. Pero Lila... y el equipo Rojo... ¡en último lugar! Jessica disfrutaba interiormente. Nunca podría olvidar la mirada asesina que le dirigió

Lila cuando salía del campo todavía con la sábana superior entre las manos.

—No me extraña que hayas ganado —le dijo Jessica a su hermana—. En casa practicas continuamente. —Elisabet siempre se hacía la cama muy bien, mientras que Jessica como mucho, una vez por semana.

Las dos carreras siguientes iban a tener lugar en la piscina. La primera era sobre una tabla sosteniendo un bol con agua, como Jessica le había explicado a Ellen y Janet. Esta vez ganó el equipo Rojo. En realidad los equipos Rojo y Azul llegaron codo con codo. Sin embargo, el equipo Azul ganó la tercera prueba. Esta carrera fue idea de Pamela. Se llamaba Paseo por el Agua y cada concursante debía caminar por el agua en la parte menos honda de la piscina sosteniendo en equilibrio un huevo sobre una cuchara. Quien llegase al otro lado primero sin que se le cayera el huevo, ganaba.

La cuarta prueba se llamaba Desátate. Se elegían dos participantes de cada equipo y se les ataba juntos. Luego se cronometraba el tiempo que tardaban en desatarse. El equipo Rojo consiguió ganar por poco, aunque sus miembros causaron gran regocijo... una era Sally Strong, de quinto y el otro Aaron Dallas, uno de los chicos más altos de sexto. Los espectadores parecieron disfrutar de lo lindo con esta prueba.

A continuación llegó la carrera de las tres piernas, lanzamiento de pelotas en el agua y la bolera de Piña Tropical. Sólo quedaban dos pruebas: la carrera con sillas de ruedas y el croquet con muletas. El croquet con muletas era la siguiente y, para su contento, Jessica sacó su propio número del gorro.

—¡Uau... esto si que es casualidad —dijo en voz alta—. ¡He sacado mi número!

—Qué coincidencia —dijo Lila con retintín.

—Estás enfadada porque estamos ganando —replicó Jessica.

—No ganáis. Nosotras os llevamos dos puntos de ventaja —contestó Lila.

—Bueno, no será por mucho tiempo. Voy a daros un baño —dijo Jessica que corrió con sus muletas para colocarse en el punto de partida de la carrera.

Tenía que admitir su ventaja. Ninguna de las otras participantes estaba acostumbrada a las muletas, mientras que ella era una auténtica virtuosa. Realizó toda la carrera en menos de diez minutos golpeando la bola expertamente con su muleta. La cinta del segundo premio fue para Kady Johnson un miembro del equipo Rojo. Lila estaba loca de rabia.

—Muy bien —dijo el señor Butler alzando su mano—. Hemos llegado a la última prueba del día. Permitidme que lea las puntuaciones en voz alta para que todos conozcáis vuestra posición. El equipo Rojo y el equipo Azul empatados en primera posición... cada uno con doscientos cincuenta puntos. En tercer lugar tenemos al equipo Negro con doscientos diez puntos. Y el último, el equipo Blanco con doscientos puntos. Ahora la prueba final es muy especial. Cada concursante tiene que manejar una silla de ruedas en la carrera y quien gane decidirá quien es el equipo ganador de toda la Mini Olimpíada. ¿Lo habéis entendido?

Todos lo habían comprendido. Grandes vítores acompañaron a cada nombre en el sorteo. El equipo Rojo se volvió loco cuando nombraron a Ken Matthews. Era menudo, pero un buen atleta; estaban seguros de que iban a ganar. Del equipo Negro se eligió a Timmy Peterson, un alumno de la Escuela Primaria muy delgado y de expresión dulce; al equipo Blanco le representó una niña de quinto llamada Lisa Geiger y, al equipo Azul, Pamela Jacobson. Se hizo el silencio por todo el campo.

—Buena suerte —le dijo Jessica a Pamela con solemnidad mientras le estrechaba la mano.

—Au, lo tenemos demasiado fácil —dijo Ken Matthews con disgusto—. No es justo tener que habérmelas con dos niños pequeños y una... —Miró a Pamela y luego apartó la vista

—No te preocupes —repuso Pamela con calma—. No creo que sea injusto, Ken—. Le guiñó un ojo a Jessica—. Yo en tu lugar no me confiaría demasiado. Se dirigió a su silla de ruedas para ocupar su puesto y dirigió una gran sonrisa al señor Butler.

—¡Adelante! —gritaba el señor Butler un minuto más tarde. La multitud vitoreaba frenética animando a los cuatro participantes.

Correr en una silla de ruedas resultó mucho más duro de lo que nadie pudo imaginar. Pamela le llevaba una cabeza de ventaja a Ken cuando Jessica gritó: ¡Vamos, Pam!, con tal potencia, que pensó que nunca podría volver a hablar con normalidad. Alguien gritaba aún más que ella. Era el doctor Jacobson. Tales eran sus gritos desde las gradas que todo el campo parecía resonar.

De pronto pareció que Ken se aproximaba a Pamela. ¡Se acercaba! Se acercaba más y más... estaba a su altura... y luego la pasó: a Jessica le dio un vuelco el corazón. Ken adelantaba a Pamela, la rebasaba... ¡y entonces ocurrió! Metió la mano entre los radios, perdió el equilibrio y cayó hacia atrás mientras su silla viraba hacia la derecha. La multitud enloqueció. Pamela cruzó la meta la primera. ¡Había ganado la carrera y las Mini Olimpíadas para el equipo Azul!

El entusiasmo que acompañó al silbato del señor Butler fue increíble. Era imposible saber quien abrazaba a quien. Todo el mundo saltaba y gritaba y Jessica pensó que iban a romperle las costillas sus compañeros de equipo cuando la rodearon.

Sabía que tenía que agradecérselo principalmente a Pamela, y se abrió paso entre la multitud. El doctor Jacobson subió a Pamela sobre sus hombros. Estaba radiante y junto a él Denny no cesaba de dar palmaditas en la pierna de su hermana diciéndole:

—Muy bien. ¡Ya sabía yo que podrías conseguirlo!

Jessica esperaba no estar demasiado sudada después del croquet. Denny era *tan* mono.

—¡Pamela has estado maravillosa! —le dijo con una sonrisa.

A Pamela le brillaban los ojos.

—¿Verdad que ha sido divertido, Jessica? Gracias por demostrarme que podía conseguirlo. Papaíto dile a Jessica lo que acabas de decirme.

El doctor Jacobson sonrió.

—Creo que hoy también he aprendido algo. Cuando he visto actuar a Pamela me he dado cuenta de que he tratado de protegerla demasiado —meneó la cabeza—. Sobre todo cuando es evidente que puede cuidar perfectamente de sí misma.

—¡Papaíto dice que puedo quedarme en Sweet Valley! —le dijo Pamela a Jessica con una sonrisa radiante.

—Estupendo —exclamó Jessica mientras se apoyaba en sus muletas—. Ahora tengo que marcharme —añadió al ver a la señorita Ulrich hablando con el señor Butler.

Estaba segura de que hablaban de ella, de que era una ciudadana modélica. ¡Y supuso que debía acercarse a ellos para que pudieran decirle el gran trabajo que había realizado!

En conjunto había sido un día maravilloso. Y Jessica sabía que también había significado mucho para Pamela. Lo mejor era que todo había resultado tal como estaba previsto. Es decir, que Lila Fowler y su equipo habían perdido. ¡Y Jessica Wakefield se llevó todos los laureles!

XII

—¡Mirad! —exclamó Jessica al entrar con las manos extendidas en la cocina llena de sol—. ¡Sin muletas!

Steven y Elisabet estaban comiendo tortitas. Era domingo por la mañana, más de una semana después de las Mini Olimpíadas. Elisabet abrió mucho los ojos.

—No puedo creerlo —dijo—. ¿No te duele al apoyar todo el peso del cuerpo en tu tobillo lesionado?

Jessica arrugó el entrecejo.

—No mucho. Era sólo una ligera torcedura —añadió mientras abría el frigorífico para inspeccionar su contenido.

—¿Sólo una ligera torcedura? —Steven se burló—. Aquí no se ha oído hablar de otra cosa durante semanas. ¿No te lo dije, Lisa? En cuanto su tobillo mejore se olvidará de todos los minusválidos.

Jessica hizo una mueca mientras seguía revisando la nevera.

—No seas niño, Steven. No necesito hacerme

daño para ser... lo que dijo la señora Ulrich durante la comida de la PTA... una jovencita extraordinariamente considerada.

—Se necesita estar mal de la cabeza para confundir a Jessica Wakefield con una "jovencita considerada" —replicó Steven.

—Jessica —dijo la señora Wakefield, que en aquel momento entraba en la cocina—, ¿vas a comer algo de ahí o estás refrescando el ambiente?

Elisabet se echó a reír. Le encantaba que su madre se metiese con Jessica.

Elisabet no podía por menos de pensar que todo había salido muy bien. Pamela Jacobson era otra persona desde las MO. Su historia había sido publicada en *Sexto Grado de Sweet Valley*, y todo el mundo estaba de acuerdo en que era estupenda... muy conmovedora y bien descrita. Pamela incluso hablaba de formar parte de la dirección del periódico.

Había decidido quedarse en la Escuela Media de Sweet Valley y, tras su heroica victoria de la semana anterior, tenía todo el apoyo de su padre. Era evidente lo mucho que había significado aquel día para Pamela. Comenzaba a salir de su concha e incluso hizo sugerencias en clase de gimnasia proponiendo juegos en los que ella pudiera participar. Ahora que Pamela estaba aprendiendo a hablar por sí misma y de sus prioridades, Elisabet comprendió que estaría a gusto.

—¿Qué vais a hacer hoy? —preguntó Jessica a sus hermanos mientras acercaba una caja de cereal a la mesa y se servía una generosa ración.

Steven cerró los ojos fingiendo concentrarse.

—¡Espera! —exclamó. Veo algo...confuso, pero se va aclarando... aclarando... es... es...

—No puedo soportarlo —dijo Jessica, que puso los ojos en blanco—. Steven, ¿tienes idea de lo estúpido que llegas a ser?

—Estoy viendo lo que va a ser tu día —repuso éste—. Algo me dice que será insoportablemente aburrido.

Jessica le miró con altivez. La verdad era que iba a pasar el día con Ellen Riteman. Iban a ver el nuevo vídeo musical que su hermano acababa de comprar y luego reunirse con Janet y Lila en el centro. Las relaciones entre Jessica y Lila todavía estaban algo tirantes, pero Jessica había estado pensando que ya era hora de que hubiese una tregua. Al fin y al cabo podía permitirse el lujo de ser generosa.

¡Fue *ella* quien salió gloriosa de las Mini Olimpíadas!

—Tu PES ya no funciona —le dijo a Steven mientras vertía la leche sobre el cereal—. ¡No puedes estar más alejado de la verdad!

Elisabet estuvo de acuerdo. Su hermana gemela, fuera donde fuese y planeara lo que planease, una cosa era segura... ¡que el día no iba a ser nada aburrido!

—No me gustan las chicas que Toy Car presenta en sus vídeos —se lamentó Ellen. Jessica y ella estaban en la sala de estar de la espaciosa casa estucada de los Riteman.

A Jessica le encantaba el hogar de los Riteman. Era más antiguo que la mayor parte de las casas de Sweet Valley y tenía los techos muy altos, grandes chimeneas e interesantes grietas y escondrijos. Y una gran sala de estar con suelo de madera, perfecto para ensayar pasos de danza.

—¿Qué vas a comprar esta tarde en el centro? —preguntó Ellen—. A mi me gustaría un par de pendientes como los que lleva la vocalista de Toy Car. Son de lo más *guay*.

—Tu madre se moriría —repuso Jessica con una sonrisa. Iba a añadir algo cuando oyeron pasos que se acercaban por el pasillo.

—Hey, Ellen —dijo Mark, el hermanito pequeño de Ellen con el rostro surcado de lágrimas—. Necesito que me ayudes.

—¿Qué pasa? —repuso Ellen preocupada. Mark tenía nueve años y cada minuto sufría una crisis.

—Es León. Bigotes se lo quería comer y lo ha matado —contestó Mark muy triste.

—¿Quién es León? —preguntó Jessica en voz baja.

—León es el periquito de Mark —expuso Ellen.

—*Era* —dijo Mark—. ¡Odio a ese gato estúpido! Dejé a León un momento para ir a buscar su comida, y Bigotes dio un zarpazo a la jaula y...

—Procura no pensar en eso —dijo Ellen que se puso en pie para darle unas palmaditas en el hombro—. Pobrecito, ¿qué vas a hacer con él? —añadió asomándose a la jaula.

—Quiero enterrarlo —le dijo Mark—. ¿Quieres ayudarme?

Ellen puso los ojos en blanco y miró a Jessica.

—Vamos, Mark. Tú no quieres enterrarlo. Deja la jaula fuera y...

Mark se echó a llorar con desespero.

—¡Quiero enterrarlo! —exclamó.

—Oh, de acuerdo —replicó Ellen de mala gana.— Vamos, Jessica. Parece que tenemos un funeral antes de irnos al centro. —Apagó el vídeo y Jessica y ella siguieron a Mark hasta el patio de atrás.

Durante los diez minutos siguientes acompañaron a Mark por todo el jardín mientras él buscaba el lugar perfecto para que descansaran los restos de León. Ellen, con la pala de jardín de su padre en las manos, comenzó a impacientarse.

121

—Esto es realmente morboso, Mark —le dijo al fin—. Si vas a hacerlo, hazlo y basta. Jessica y yo tenemos que ir a otro sitio.

—¡Está bien! —dijo Mark por fin deteniéndose bajo un árbol en un extremo del jardín—. ¡Aquí mismo!

Ellen se acercó para entregarle la pala.

—Cava tú —le ordenó.

—Muy bien —replicó Mark—. Pero primero tengo que leer el responso.

—Oh, vaya —protestó Ellen que se dejó caer sobre la hierba. Jessica también se sentó.

Mark leyó en voz alta algo que llevaba escrito en un pedazo de papel que saco de su bolsillo. Describía a León con todo detalle... dónde lo había comprado, cuánto le costó y qué clase de comida le gustaba.

—Es una lástima que León haya muerto antes de aprender a hablar —añadió Mark muy apenado.

—Ahora ya puedes empezar a cavar —le indicó Ellen.

Mark obedeció.

—Creo que he tropezado con una raíz o algo por el estilo —dijo al cabo de un minuto—. La pala se ha atascado.

—Sigue cavando... se arreglará —dijo Ellen sin prestarle mucha atención.

—Quizá sea una roca —insistió Mark—. La

pala choca contra algo duro. Escuchad... hace un ruido raro.

Jessica se interesó. Había oído describir a Elisabet algo parecido de la última novela de misterio de Amanda Howard que siempre estaba leyendo.

—Déjame probar —dijo quitándole la pala a Mark.

Desde luego, la pala daba contra un cuerpo duro. Sonaba como el metal. Jessica cavó más hondo y tras varios minutos de esfuerzo consiguió apartar la tierra lo suficiente para que asomase el borde de un objeto de metal gris.

—¡Es una caja! —exclamó Mark asomándose al hoyo.

Ellen y Jessica se miraron.

—Apártate, Mark —ordenó Ellen—. Déjame verla.

Entre ella y Jessica sacaron del hoyo una caja pequeña de metal, y le limpiaron el polvo. No era muy grande, pero sí pesada y muy bien cerrada.

—¡Uau! —exclamó Mark—. ¡Es un tesoro enterrado!

Jessica dirigió a Ellen una mirada significativa.

—Mark —dijo Ellen—, creo que ahora debes enterrar a León. Nosotras nos ocuparemos de esto más tarde—. Y dejó la caja en el suelo, a su lado.

Mark la miró intranquilo.

—Podemos esperar para enterrar a León —le dijo—. Yo quiero abrir la caja.

—Más tarde —insistió Ellen—. Vamos, Mark. No podemos interrumpir un *funeral*.

Jessica sabía que Ellen estaba pensando lo mismo que ella. Averiguar lo que había dentro de la caja. Y asegurarse de que Mark no lo viera.

¡Especialmente si *resultaba ser* un tesoro enterrado!

Averígualo en el próximo libro de las gemelas de Sweet Valley.

Las Gemelas de Sweet Valley
Escuela Superior

Las gemelas de Sweet Valley crecen contigo. Han terminado la enseñanza elemental que recibían en la Escuela Media y ya asisten a la Escuela Superior, en la que deben conseguir su graduación. No te pierdas sus aventuras, mucho más emocionantes que cualquier serie de televisión, como saben ya toda su legión de lectoras. Y en estas colecciones nos quedan muchísimos títulos más por publicar. Ahora también van a la Universidad, pero esas son para más mayores.

TÍTULOS PUBLICADOS

1. Doble juego
2. Secretos del pasado
3. Jugando con fuego
4. Prueba de fuerza
5. Una larga noche
6. Peligrosa tentación
7. Querida hermana
8. El campeón asediado
9. La gran carrera
10. Esa clase de chica
11. Demasiado perfecta
12. Promesa rota
13. ¡Secuestrada!
14. Cita a escondidas
15. No más promesas
16. Fortuna inesperada
17. Cartas increíbles
18. Perdiendo la cabeza
19. La hora de la verdad
20. Vuelo desastroso
21. Huída inevitable
22. Rompiendo las cadenas
23. La separación
24. Recuerdos inolvidables
25. Postergada
26. Rehenes
27. Atracción fatal
28. Solitaria
29. Rivales
30. Celos y mentiras
31. ¿Quién podrá más?
32. El gran cambio